W0382493

Sabine Buxbaum

Der Dorn im Auge der Königin

© 2019 Sabine Buxbaum

Autor: Sabine Buxbaum
Umschlaggestaltung: Anne Gebhardt
Bildmaterial: shutterstock.com

Verlag: myMorawa von Morawa Lesezirkel

ISBN: 978-3-99084-922-4 (Paperback)
ISBN: 978-3-99084-923-1 (e-Book)

Das Werk, einschließlich seiner Teile, ist urheberrechtlich geschützt. Jede Verwertung ist ohne Zustimmung des Verlages und des Autors unzulässig. Dies gilt insbesondere für die elektronische oder sonstige Vervielfältigung, Übersetzung, Verbreitung und öffentliche Zugänglichmachung.

Kapitel 1 – Winter 1533, Hampton Court, England

„Dieses Mal muss es ein Sohn werden“, sagte Königin Anne zu ihrer Schwester Mary.

„Ganz bestimmt“, antwortete diese, doch der sorgenvolle Ausdruck in ihren Augen war wenig überzeugend.

Mary war Königin Annes Schwester und einst die Mätresse des Königs. Der König wandte sich jedoch von ihr ab und widmete seine Aufmerksamkeit Anne, die er jahrelang umwarb. Erst nach der Auflösung seiner ersten Ehe mit Königin Katharina gab Anne seinem Werben endgültig nach. Anne war eine intelligente junge Frau, als der König sie kennenlernte. Sie war leicht aufbrausend und nicht gewillt, die untergebene Ehefrau zu spielen.

Der König liebte die Jagd. Anne war jahrelang sein Jagdobjekt und als er die Trophäe endlich besaß, verlor er langsam sein Interesse daran.

Man munkelte, dass die Ehe zwischen König und Königin nicht mehr zum Besten stand. Er war sehr enttäuscht, dass Anne ihm bisher nur eine Tochter geboren hatte.

Er liebte dieses Kind zweifelsohne, aber er wollte einen Sohn. Es war für ihn ein steiniger Weg, die Annullierung seiner Ehe mit Katharina von Aragon zu erwirken. Es war ganz und gar unmöglich, dass Katharina nochmals ein Kind zur Welt bringen würde. Ihr fortgeschrittenes Alter und ihre vielen Fehlgeburten gaben wenig Anlass zur Hoffnung, dass sie England einen Thronerben gebären könne.

Der König wollte seine Dynastie sichern. So war es nicht verwunderlich, dass er sich einer jungen, hübschen und vor allem fruchtbaren Frau zuwandte. Er hatte große Erwartungen an Anne. Nach der Geburt der Tochter setzte Anne alles daran, erneut schwanger zu werden, und sie hatte Erfolg.

Das hellte die Stimmung des Königs wieder auf.

„Ich hoffe, dass sich nun zwischen uns wieder alles zum Guten wendet. Der König überwirft mich im Moment mit Geschenken und ist sehr zärtlich. Leider lässt es die Schwangerschaft nicht zu, seine Zärtlichkeit körperlich zu erwidern. Das macht mir Sorge, ich weiß doch, wie sehr der König meine körperliche Hingabe braucht", fuhr Anne fort.

„Du darfst auf keinen Fall riskieren, das Kind zu verlieren", warnte Mary.

„Aber ich kann es nicht leiden, wenn er sich einer anderen Frau zuwendet", zischte Anne.

„Beruhige dich, diese Frauen bedeuten ihm gar nichts. Der König lässt sie fallen, nachdem er sich mit ihnen vergnügt hat. Du bist seine einzig wahre Liebe."

Mary stand ihrer Schwester liebevoll und treu zur Seite. Es war bewundernswert, wie sie damit umging, dass sie selbst vom König zurückgestellt wurde, obwohl sie nie etwas falsch gemacht hatte. Sie war einfach zu leicht zu haben und wurde dem König schnell langweilig.

„Bezahle die Diener, dass sie den König im Auge behalten", forderte Anne ihre Schwester auf. „Ich möchte wissen, mit wem er sein Nachtlager teilt.“

Mary nickte: „Ich werde unseren Bruder George damit beauftragen. Er wird uns berichten, was vor sich geht. Mach dir keine Sorgen. Sobald du einen Sohn geboren hast, wird niemand mehr deine Position in Frage stellen. Das wird deine Feinde mundtot machen und der König wird dich ehren, weil du ihm seinen größten Wunsch erfüllt hast. Vielleicht bekommst du zukünftig noch viele Söhne. Dann kann dir niemand mehr schaden.“

Anne vertraute auf ihre Jugend und Fruchtbarkeit. Bestimmt würde ihr nicht das gleiche Schicksal widerfahren wie ihrer Vorgängerin. Obwohl es unmöglich schien, dass Heinrich noch einmal zu Katharina zurückkehren würde, stellte sie dennoch eine undurchschaubare Bedrohung dar. Katharina war die Tante von Kaiser Karl und sie pflegte intensive Kontakte zu ihm. Er verurteilte die Scheidung, genauso wie der Papst und das ganze katholische Europa. Anne schaffte ein ungeahntes Ausmaß an Konflikten, sowohl innerhalb als auch außerhalb des Landes. Sie hatte unzählige Feinde, und es gab genug Leute, die darauf hofften, dass sie in Ungnade fiel.

„Ich wünschte, Katharina wäre tot“, flüsterte Anne, die es immer schlechter schaffte, ihre Angst zu verbergen.

„Katharina wurde nach Schloss Kimbolton gebracht. Sie ist weit entfernt von uns. Der König hat keinen Kontakt mehr zu ihr“, beruhigte Mary.

„Aber Katharina hat viele Verbündete im Ausland!“, wandte Anne ein.

„Katharina weiß, dass es ihrer Tochter Mary schaden könnte, wenn sie einen Schritt gegen dich unternimmt. Sie liebt ihre Tochter über alles. Glaube mir, sie wird vermeiden, sie in Gefahr zu bringen.“

Anne lachte verächtlich. „Mary ist ein Trampel. Ich hasse diese Göre. Sie missachtet mich!“

„Du kannst von Mary nicht erwarten, dass sie dich mag. Ihre Mutter wurde verstoßen und sie selbst von ihr getrennt. Durch deine Ehe mit dem König hat sie alle ihre Privilegien verloren. Wie soll sie dich da mögen?“, fragte Annes Schwester.

„Ich liege ganze Nächte wach, weil ich meine Feinde fürchte. Oft wache ich mit dem Gefühl auf, dass etwas ganz Schreckliches passieren wird.“

„Du darfst dir keine so düsteren Gedanken machen“, forderte Mary. „Das schadet dem Kind.“

Helena saß angespannt im Schlafgemach der Hofdamen und ließ den Tag Revue passieren. Wie es ihr befohlen wurde, hatte sie ihr schönstes Nachtgewand angezogen. Ein zusätzlicher Umhang bot ihr Wärme.

Zitternd erinnerte sich Helena an das Gespräch der Königin, dem sie heute als Hofdame beigewohnt hatte.

In Kürze würde man sie abholen und in die Gemächer von König Heinrich VIII begleiten.

Viel hatte der König während des Tanzes nicht mit ihr gesprochen, aber eines hatte er ihr deutlich gemacht: Er wollte sie nach dem Fest in seinen Privatgemächern sehen.

Der König war untertags zur Jagd aufgebrochen und am Abend fand ein Festmahl mit Tanz statt.

Alle Hofdamen mussten ihre Aufwartung machen. Die Königin fühlte sich unwohl und musste von den Festlichkeiten fernbleiben. An solchen Abenden witterten manche Hofdamen ihre Chance, die Aufmerksamkeit des Königs zu erregen. Nur Helena hoffte inständig, von ihm übersehen zu werden. Sie hatte mehr zu verlieren als zu gewinnen.

Ihre Eltern hatten sie an den Hof geschickt, um sie auf die Ehe und die damit verbundenen Repräsentationsaufgaben vorzubereiten. Sie war fünfzehn Jahre alt, als sie den Hof zum ersten Mal betrat.

Sie wurde mit Lord William Sutton aus Northumberland verlobt. Er war neun Jahre älter als Helena. Sie hatte ihn noch nicht kennengelernt. Bisher wurden alle Förmlichkeiten von ihren Eltern arrangiert. Helena musste sich darauf verlassen, dass ihre Eltern eine gute Wahl bezüglich ihres zukünftigen Ehemannes getroffen hatten. Sie hatte eine innige Beziehung zu ihrer Mutter Isabella. Ihr lag das Wohl ihrer Tochter sehr am Herzen, das wusste Helena.

„Sei vorsichtig“, hatte Helenas Mutter gewarnt. „Am Hof herrscht unter manchen Höflingen das Laster. Auch der König verschmäht trotz seiner Ehe keine anderen Frauen. Halte dich von ihnen fern. William Sutton möchte eine Jungfrau heiraten. Eine voreheliche Affäre würde die Verbindung gefährden.“

Helena nahm sich den Ratschlag der Mutter zu Herzen. Gerne wäre sie dem Festmahl ferngeblieben, aber es war ihr nicht gestattet. Sie kleidete sich in ein eher schlichtes Kleid und hoffte, niemand würde ihr Aufmerksamkeit schenken.

Die Hofdamen stellten sich wie immer in einer Reihe auf, um den König zu begrüßen. Helena war die Letzte.

Der König betrat prächtig gekleidet und mit sichtbar guter Laune den Festsaal. Sein Blick fiel auf die adrett gekleideten Hofdamen und für seine Begleiter war unmissverständlich klar, dass sie wohl heute Nacht noch eine von ihnen in seine Gemächer begleiten würden müssen.

Der König schritt die Reihe der Damen ab, sprach mit jeder ein paar Worte, brachte die meisten zum Erröten und landete schließlich bei Helena, die einen Knicks machte, ihren Blick streng auf den Boden richtete und hoffte, dass dieser Kelch an ihr vorübergehen würde.

„Nun Lady Winters, habt Ihr Euch am Hofe schon ein wenig eingelebt?“, fragte der König.

Helena blickte zum König auf und sah in seine Augen, die ihr ausdrucksstark und einschüchternd entgegenblickten.

„Ja, es gefällt mir hier sehr gut.“ Ihr Herz begann zu rasen. ‚Lass ihn einfach weitergehen’, betete sie.

„Werdet Ihr auch gut behandelt?“, bohrte der König nach.

„Alle sind sehr liebevoll zu mir“, log Helena.

In Wahrheit herrschten Neid, Intrigen und Missgunst unter den Hofdamen und für die Königin war sie eine völlig uninteressante Person.

Als der König nichts darauf erwiderte und trotzdem nicht weiterging, errötete Helena, weil sie fürchtete, er hätte ihre Lüge durchschaut.

„Ich hoffe, schöne Helena, die diesem Namen alle Ehre macht, dass Ihr mir heute einen Tanz gewährt?“

Helenas Hände begannen zu zittern. Sie spürte die neidischen Blicke der anderen Hofdamen.

„Es wäre mir eine Ehre“, gab Helena von sich und versuchte sich nicht anmerken zu lassen, wie unangenehm ihr diese Situation war.

Nachdem reichlich gegessen und getrunken wurde, gab der König schließlich den Befehl zum Tanz aufzuspielen.

Eine seltsame Stille trat in den Raum, denn jeder war gespannt, welche Dame der König zum ersten Tanz führen würde.

Helena atmete tief durch, als der König immer näher auf sie zukam.

‚Lass ihn bitte nicht mich aussuchen.‘ Doch ihr Gebet wurde nicht erhört.

Der König stand in seiner ganzen Pracht vor ihr und streckte seine Hand nach ihr aus.

„Lady Winters“, sagte er. „Darf ich bitten?“

Helena hatte keine Wahl.

Dem König einen Wunsch zu verwehren, kam einem Todesurteil gleich. Die Augen aller anwesenden Leute richteten sich auf sie. Es entging ihr nicht, dass auch der Bruder der Königin die Situation genau beobachtete, und sie wusste, dass sie ab dieser Minute nicht mehr die Hofdame der Königin, sondern ihre Feindin und der Dorn in ihrem Auge war.

Und nun saß sie hier auf ihrem Bett, während die anderen Hofdamen sie argwöhnisch beobachteten.

„Wo wollt Ihr denn heute mit Eurem Nachtgewand und den schicken Umhang noch hin?“, fragte Lady Grafurt sarkastisch.

Helena schwieg. Es bedurfte auch keiner Antwort. Jeder wusste, was geschehen würde.

„Der König wird ihrer schnell überdrüssig werden“, meinte Lady Ashton. „Die Königin wird sie den Wölfen zum Fraß vorwerfen, falls sie von dieser Liaison erfährt. Dann wird sie nur noch ein Häufchen Elend sein.“

Helena hatte alle Mühe, die aufsteigenden Tränen zu unterdrücken. Auch wenn der Neid aus den anderen sprach, so hatten sie mit ihren Behauptungen doch recht. Die Königin hatte überall ihre Spione und sie beobachteten den König ganz genau.

Auch wenn der Earl von Suffolk sie durch die Geheimgänge des Schlosses führen würde, so waren doch überall Wände mit Augen und Ohren.

Helena fürchtete die Rache der Königin und noch mehr, was ihr der König antun könnte.

Sie war noch eine Jungfrau, unbescholten und verlobt. Wie sollte sie je erklären, auf welche Weise sie ihre Unschuld verlor?

Der König würde sie zur Geheimhaltung verpflichten. Man würde sie folglich verdächtigen, sich einem anderen Höfling hingegeben zu haben. Das wäre eine große Schande. Lord Sutton würde sich erbost von ihr abwenden.

Aber selbst wenn sie zugeben würde, dass der König ihr die Unschuld geraubt hätte, würde man sie für ein berechnendes Biest halten. Man würde sagen, sie hätte für das Wohlwollen des Königs ihren Verlobten Hörner aufgesetzt.

Helena war in einer aussichtslosen Lage und es gab kein Entkommen. Sich dem König zu widersetzen, konnte sich niemand leisten. Nicht nur sie, auch ihre Familie könnte alles verlieren.

Kapitel 2

Helena folgte dem Earl von Suffolk ohne Widerstand. Was hätte sie auch für eine andere Wahl gehabt? Mit jedem Schritt schnitt sich eine Kerbe in ihr Herz. Morgen würde nichts mehr sein, wie es einmal war. Der Umhang konnte sie nicht wärmen, als sie durch die kalten Flure gingen, die schwach mit Fackeln beleuchtet waren.

Helena zitterte am ganzen Körper, als sie ins Privatgemach des Königs geführt wurde.

Dort stand er einschüchternd, wie er immer war.

Er begrüßte Helena mit einem Lächeln, das sie nicht erwidern konnte. Er nickte dem Earl von Suffolk dankend zu, welcher sich sogleich aus den Räumlichkeiten zurückzog.

König Heinrich schritt auf Helena zu und ergriff ihre Hände.

„So zart, so rein und unverbraucht“, sagte er leise, mehr zu sich selbst als zu Helena.

Sie hätte ihre Hände gerne zurückgezogen, doch es wäre zu gefährlich den König zu verärgern, der für seinen Jähzorn bekannt war.

Als er sie zu sich heranzog und ihr einen Kuss auf die Wange gab, konnte sie den Alkohol aus seinem Mund riechen.

„Ihr seid Euch gar nicht bewusst, welche Ehre Euch heute zuteilwird, mit mir dieses Gemach zu teilen.“ Helena missfiel seine selbstgefällige Art. Sie antwortete nicht. Ihr Schweigen interpretierte der König als Zustimmung für das, was gleich passieren würde.

Er führte sie zum Bett und begann sie zu entkleiden. Dabei zog er grob an ihrem Gewand bis sie schließlich nackt vor ihm stand. Helena zitterte vor Angst am ganzen Körper.

„Ihr fürchtet Euch doch nicht?“, flüsterte der König ihr fragend ins Ohr, während er begann, mit seinen Händen gierig und unsanft ihren Körper zu erforschen. Seine Berührungen empfand sie als unangenehm, doch sie vermied es sich zu widersetzen. Sie fühlte sich völlig machtlos und ausgeliefert.

„Sir“, wagte Helena zu sagen, „ich fürchte um meine Unschuld. Ich bin verlobt und wollte als Jungfrau in die Ehe gehen.“

Der König lachte laut auf, sodass Helena erschrak.

„Eure Tugendhaftigkeit ist löblich“, meinte der König. „Doch glaubt mir“, fuhr er fort, „Ihr nehmt sie zu ernst. Ihr könnt die Wünsche eines Mannes besser erfüllen, wenn Ihr mehr Erfahrung habt. Niemand kann Euch diese Erfahrung besser lehren als ich. Lasst mich Euer Lehrmeister sein und ich werde Euch dafür reich belohnen. Glaubt mir, Euer Verlobter würde es nicht wagen, eine Ehe mit Euch auszuschlagen, welche ich befohlen habe. Vertraut mir.“

Helena hatte keinen Zweifel, dass man ihren Verlobten zwingen würde, sie zu ehelichen, obwohl sie die Hure des Königs gewesen war. Aber nie würde er zärtliche Gefühle für sie entwickeln, die Liaison mit dem König würde immer zwischen ihnen stehen. Der Traum von Liebe war für sie ausgeträumt.

Der König war zu betrunken und schläfrig, um behutsam vorzugehen.

Kraftvoll bohrte er sich in Helena hinein, die vor Schmerz aufschrie. Er steckte seine Zunge in ihren Mund und versuchte damit ihre Stimme zu ersticken. Sein Mundgeruch war ekelhaft und Helena musste sich fast übergeben. Die Tränen rannten ihr über die Wangen, doch der König nahm keine Notiz davon. Nachdem er seinen Höhepunkt erreicht hatte, legte er sich keuchend zurück. Es dauerte nicht lange, bis er einschlief und laut schnarchte.

Helena versuchte, sich mit dem Bettlaken das Blut von ihren Schenkeln zu wischen. Sie schluchzte leise, aber hätte am liebsten laut geschrien. Sie legte ihr Nachtgewand an und verließ die Privatgemächer des Königs. Vor der Tür wartete bereits der Earl von Suffolk auf sie, um sie wieder zurück in ihre Räumlichkeiten zu begleiten. Sie sah verlegen zu Boden. Als sie sich in ihr Bett legte, hörte sie die anderen Hofdamen tuscheln. Helena weinte sich in den Schlaf. Sie hoffte inständig, der König würde niemals mehr nach ihr verlangen.

Kapitel 3

„Der König hat mich gestern nicht besucht“, beklagte sich die Königin bei ihrer Schwester.

„Gestern war das Fest. Du weißt doch, wie spät es immer wird, wenn der König feiert. Er wollte dich nicht aufwecken.“

„Mit wem hat er getanzt?“, fragte Anne.

Mary sah heimlich zu Helena, die erschrocken zu Boden blickte. Sie hatte ganz verdrängt, dass die Schwester der Königin auch Gast auf dem Fest war. Jetzt würde sie der Königin von ihr berichten und dann wäre alles aus. Die Königin würde einen Grund finden, sie vom Hof zu jagen.

„Er hat mit allen Hofdamen getanzt, so wie es sich für den König gehört“, hörte Helena Mary sagen. „Du darfst dich nicht immer so aufregen. Das ist nicht gut für deine Gesundheit. Lass dem König jetzt einfach seine Freiheit. Wenn sein Sohn auf die Welt kommt, wird er sich von allen anderen Damen abwenden und dich anbeten, wie er es immer getan hat.“

„Ich werde die Ratten aus ihren Löchern scheuchen und ausrotten, sobald mein Sohn da ist“, schwor Anne. Ihre Schwester nickte zustimmend.

Helena atmete tief durch. Als sie den Raum verließ, folgte Mary ihr unauffällig und packte sie von hinten.

„Ich habe dich nicht verraten, weil mir das Wohl des ungeborenen Kindes zu sehr am Herzen liegt. Anne verträgt keine Aufregungen. Aber glaub nicht, dass du der Königin ihren Platz streitig machen kannst. In wenigen Monaten wird hier ein anderer Wind wehen und du gehörst zu den Ratten, die wir ausrotten werden!"

Helena war kreidebleich geworden. „Wenn ich eine Wahl hätte, würde ich den König abweisen. Ihr wisst, dass ich keine habe."

Helena sah an Marys Blick, dass sie dem nichts entgegenzusetzen hatte. Sie ahnte, dass Mary mit dem König ähnliche Erfahrungen gemacht haben musste. Allerdings wurde getuschelt, dass die Schwester der Königin in den König aufrichtig verliebt war. Ihr war es also vermutlich nicht schwer gefallen, mit ihm das Bett zu teilen. Helena wunderte sich, dass Mary immer noch zu ihrer Schwester stand, obwohl sie ihretwegen vom König zurückgestellt wurde. Ebenso hätte sie die neue Königin von England werden können.

„Seid auf der Hut!", warnte Mary Helena. Dann wandte sie sich von ihr ab und kehrte zu ihrer Schwester zurück.

Helena hatte schon geahnt, dass der König sie nicht nur eine Nacht begehren würde. Er ließ sie fast die ganze Woche in sein Schlafgemach führen. Es dauerte nie lange. Der König sprach kaum ein Wort mit ihr. Sobald er seinen Höhepunkt erreicht hatte, ließ er ab von ihr. Der Earl von Suffolk begleitete sie direkt im Anschluss wieder in ihre Unterkunft.

Helena überlegte verzweifelt, wie sie dieser Tortur entkommen konnte. Sie war in einem Albtraum gefangen, aus dem es kein Entkommen gab. Dabei hatte sie sich so auf den Hof gefreut.

Sie zitterte immer, sobald sie in der Nähe der Königin war. Doch diese schenkte ihr nicht mehr Beachtung als sonst. Anscheinend hatte sie noch niemand von Helenas Liaison mit dem König informiert.

Zum Glück verlor der König bald das Interesse an Helena. Sie schien ihn nicht auf die Art und Weise zu befriedigen, wie er es wünschte. Wie konnte sie auch, wenn sie nicht einen Funken Zuneigung für ihn empfand?

Helena atmete erleichtert auf, als sie hörte, der König hätte sich einer anderen Dame zugewandt. Nun würde ihr Leid ein Ende haben. Vielleicht würde man bald vergessen, was zwischen ihr und dem König vorgefallen war. Sie hoffte, dass ihr Verlobter nichts erfahren würde. Helena versuchte zu verdrängen, was geschehen war, und weiterzumachen wie bisher.

Sie versuchte, wie die anderen Hofdamen, die Königin aufzumuntern und zu unterhalten, während diese immer launischer und unausstehlicher wurde, je weiter die Schwangerschaft voranschritt. Königin Anne stand unter einem enormen Druck. Die Art und Weise, wie der König sich von seiner Frau Katharina entledigt hatte, war ihr noch präsent. Er scheute deswegen nicht einmal einen Bruch mit dem Papst, nachdem dieser ihm die Scheidung verweigert hatte.

Helena kannte Königin Katharina nicht, hatte jedoch viel Gutes über sie gehört. Sie sei eine fromme Frau gewesen, die Recht von Unrecht unterscheiden konnte und nur tat, was sie mit ihrem Gewissen vereinbaren konnte. Katharina war zunächst die Ehefrau von König Heinrichs Bruder Arthur. Als dieser unerwartet jung starb, nahm Heinrich sie zu Frau. Die Ehe verlief anfänglich gut und Katharina gebar Heinrich eine Tochter. Allerdings erlitt sie mehrere Fehl- und Totgeburten, und leider schaffte sie es nicht einen lebenden Thronerben zu gebären. Er hätte ihre Position festigen können. König Heinrich wurde ihrer überdrüssig und setzte seine Hoffnungen in die junge Anne.

Man munkelte allerdings, dass er Annes Launen mittlerweile überdrüssig war. Wenn ihr nicht das gleiche Schicksal wie Katharina widerfahren sollte, musste sie in wenigen Monaten einen gesunden Jungen zu Welt bringen.

Kapitel 4 – Frühjahr 1534, Hampton Court

Helena fühlte sich in letzter Zeit müde und abgeschlagen. Außerdem musste sie sich frühmorgens immer wieder übergeben. Die Monatsblutung war ausgeblieben und Helena befürchtete nicht zu Unrecht, dass sie schwanger war.

Sie erzählte niemandem davon. Anfangs versuchte sie ihren Zustand zu verdrängen, aber sie bemerkte Veränderungen an ihrem Körper, die sie nicht ignorieren konnte. Helena war verzweifelt und fühlte sich so einsam und verloren wie nie zuvor. Es gab bei Hofe niemanden, dem sie sich anvertrauen konnte. Sie war schwanger vom König und ihr Kind würde nur wenige Wochen nach dem Kind der Königin zur Welt kommen.

Würde Helena sagen, dass das Kind vom König sei, würde es einen Skandal geben. Er würde sich nicht zur Vaterschaft bekennen, um die Königin nicht aufzuregen. Er versuchte ihre Nerven zu schonen, um das ungeborene Kind nicht zu gefährden, denn er war felsenfest überzeugt, dass er Vater eines Sohnes werden würde.

Helena beschloss, ihrer Mutter zu schreiben, in der Hoffnung einen Ratschlag zu erhalten.

„Liebe Mutter,

ich wende mich als verzweifelte Frau an dich. Bitte verurteile mich nicht, wenn ich dir jetzt schreibe, dass ich schwanger bin. Ich kann dir nicht sagen, wer der Vater des Kindes ist, aber bitte glaube mir, dass ich mich ihm nicht freiwillig hingegeben habe. Ich weiß nicht mehr, was ich machen soll. Ich habe hier am Hof keine Freunde. Ich kann mich niemandem anvertrauen. Was wird jetzt aus meiner Verlobung? Lord Sutton wird mir diese Schande nie verzeihen. Bitte hilf mir in meiner aussichtslosen Lage. Deine dich innig liebende Tochter Helena.“

Helena versuchte, sich so unauffällig wie möglich zu verhalten, und vertiefte sich in ihre Stickereien. Ihr fiel jedoch auf, dass Annes Schwester sie genau musterte. Vielleicht ahnte sie etwas.

Es hatte eine Zeit gedauert, doch dann traf endlich das Antwortschreiben von Helenas Mutter ein.

„Liebe Tochter,

ich glaube dir, wenn du mir schreibst, dass du unfreiwillig zu deinem Umstand gekommen bist. Es tut mir sehr leid, dass dir das passiert ist. Ich rate dir zu Folgendem: Täusche baldmöglich eine Erkrankung vor und bitte, in die Obhut deiner Eltern gebracht zu werden. Halte die Schwangerschaft geheim, erzähle niemandem davon. Wenn du bei uns bist und dein Kind zur Welt gebracht hast, werden wir eine Lösung finden. Ich werde mit Lord Sutton Kontakt aufnehmen und die Verlobung auflösen. Er muss die Wahrheit nicht kennen. Mir wird schon eine Ausrede einfallen. Dein Vater ist so gepeinigt von seiner Krankheit, dass er mir da freie Hand lässt. Wir hätten dich niemals an den Hof schicken dürfen. Ich liebe dich über alles und du hast bei uns immer ein Zuhause. In Liebe und freudiger Erwartung auf dich, deine dich liebende Mutter.“

Helena war erleichtert über die Worte ihrer Mutter und dass sie bald wieder nach Hause kommen konnte. Wäre ihr Vater nicht so krank und geistig oft abwesend, hätte er sie womöglich in ein Kloster gebracht. Sie war allerdings unglücklich über die Auflösung der Verlobung, obwohl ihr bewusst war, dass dies der beste Weg für alle war. Als Mutter eines Bastards würde sie keine Hoffnung mehr auf eine vielversprechende Verbindung haben. Lord Sutton würde sich angewidert von ihr abwenden.

Sie wollte ihre Heimreise jedoch nicht gleich in Angriff nehmen. Es wäre ja möglich, dass sie das Kind doch noch verliert. Auch wenn der Gedanke daran sündig war, so hoffte Helena, dass dies passieren würde. Solange sie niemandem von der Schwangerschaft erzählte, war sie nicht in Gefahr.

Sie hatte nicht damit gerechnet, dass man von dieser längst wusste.

Kapitel 5

„Es ist anzunehmen, dass es vom König ist“, sagte Mary. „Wir schicken sie fort. Ein Vorwand ist schnell gefunden. Wir sagen, sie hätte dich bestohlen. Sie wird den Hof verlassen, noch ehe jemand anderes ihren Zustand bemerkt.“

Anne schritt nachdenklich in ihrem Gemach auf und ab. Diese Hiobsbotschaft brachte sie völlig aus dem Konzept.

„Bist du dir sicher, dass sie schwanger ist?“, fragte sie ihre Schwester eindringlich.

Mary nickte: „Unsere Spione haben davon berichtet, dass der König sie mehrmals zu sich rief und sein Lager mit ihr teilte. Von den anderen Hofdamen weiß ich, dass sie sich morgens übergibt und sie keine Monatsblutung hat.“

Mary hatte lange überlegt, ob sie ihrer Schwester von Helenas Umstand berichten sollte. Einerseits würde sie sich aufregen, andererseits wäre es äußerst ungünstig, wenn Helena einen Jungen und Anne vielleicht nur eine Tochter zu Welt bringen würde.

Der König hatte sich schon einmal von einer Königin abgewandt, das zweite Mal wäre der Aufwand geringer. Helena musste fort.

„Wir machen es anders“, befahl Anne. „Wir werden sie hierbehalten.“

„Was? Siehst du die Gefahr nicht, die von diesem Kind ausgeht?“

„Genau deswegen müssen wir sie unter Beobachtung halten. Wir werden sie allerdings von den anderen Leuten fernhalten. Es gibt ein abgelegenes Gemach in diesem Schloss. Dort werden wir sie unter Verschluss halten. Sollte sie einen Sohn zur Welt bringen und ich nur eine Tochter, stellt sie eine Gefahr für mich dar. Dann müssen wir uns ihrer entledigen."

„Sie wird sich nicht einsperren lassen", meinte Mary.

„Überlass das mir."

Der Sommer war ins Land gezogen und Helena war nun im sechsten Monat schwanger. Ihr Bauch zeigte schon eine merkliche Rundung. Die Kleider fingen an eng zu werden. Bald würde sie es nicht mehr verstecken können. Ihr Wunsch, das Kind zu verlieren, war nicht in Erfüllung gegangen. Es war langsam Zeit an ihre Abreise vom Hof zu denken.

Die Schwangerschaft der Königin war der von Helena um einige Wochen voraus. Dennoch war der Bauch der Königin nicht so gerundet, wie er es hätte sein sollen, und die Ärzte des Königs rätselten, ob sie den Geburtstermin falsch berechnet hatten.

Helena begab sich in das Gemach der Königin. Auch ihre Schwester Mary war anwesend und zu Helenas Leidwesen auch einige andere Hofdamen.

„Eure Majestät", begann Helena, „ich möchte Euch bitten, mich auf das Anwesen meiner Eltern zurückziehen zu dürfen. Ich fühle mich schon seit längerer Zeit unwohl. Ich fürchte, dass ich krank bin. Um Euer Wohl und das Wohl Eures ungeborenen

Kindes nicht zu gefährden, wäre es besser, wenn ich den Hof verließe."

Die Königin warf ihrer Schwester einen Blick zu.

„Wir werden einen Arzt nach Euch schicken", antwortete die Königin.

„Das ist sehr großzügig von Euch", dankte Helena, „doch ich fürchte, es kann mir kein Arzt mehr helfen. Es ist besser, wenn ich die letzten Tage meines Daseins in der Obhut meiner Familie verbringe."

Annes Blick verfinsterte sich plötzlich. Sie scheuchte die anderen Hofdamen aus dem Raum, sodass nur noch sie mit ihrer Schwester Mary und Helena im Raum war.

Anne stand auf und schritt auf Helena zu, die immer noch auf den Boden kniete.

„Erhebt Euch, Lady Winters!", befahl sie. Die Königin schritt um Helena herum, bis sie wieder vor ihr stand.

„Es ist uns nicht entgangen, dass Ihr Euch unwohl fühlt", fuhr Anne fort. „Es ist uns auch nicht entgangen, dass Ihr einst das Schlafgemach meines Gemahls betreten habt. Und es ist uns ebenso wenig entgangen, dass Euer Unwohlsein seit dieser Zeit besteht. Macht uns also nichts vor! Wir wissen, dass Ihr schwanger seid und den Bastard des Königs unter Eurem Herzen trägt."

Helena begann zu zittern. Sie hatte nicht damit gerechnet, dass man ihr Geheimnis durchschaut hatte. Sie hatte sich niemanden mitgeteilt.

„Lasst mich zu meiner Familie gehen", flehte Helena die Königin an. „Der König weiß nichts von diesem Kind und ich schwöre, er wird es nie erfahren."

„Dafür werde ich sorgen, das verspreche ich Euch!", zischte Anne. „Ihr werdet Euch nicht aus dem Palast entfernen! Ich habe Euch eine kleine Kemenate in einem anderen Flügel des Schlosses herrichten lassen. Ihr werdet Euch dort aufhalten, bis das Kind zur Welt gekommen ist. Dann werde ich das Kind fortbringen lassen an einen Ort, den nur ich kenne. Ihr könnt dann allein zu Eurer Familie zurückkehren. Es wird so sein, als hätte es dieses Kind nie gegeben."

„Ihr wollt mir das Kind wegnehmen?" Helena konnte es nicht glauben.

„Glaubt mir", fuhr die Königin fort, „es ist besser so für Euch. Niemand außer uns hier in diesem Raum weiß von Eurer Schwangerschaft, auch wenn es manche ahnen. Mit einem Kind habt Ihr keine Zukunft. Ihr werdet höchstens im Kloster landen. Ohne den Balg könnt Ihr ein ehrenwertes Leben führen. Ich sorge dafür, dass Euer Verlobter Lord Sutton Euch heiraten wird, darauf gebe ich Euch mein Wort. Er wird nie von Eurem Malheur erfahren."

Helena war nicht glücklich über ihre Schwangerschaft und sie konnte sich selbst kaum als Mutter vorstellen, aber es stand der Königin nicht zu, ihr das Kind wegzunehmen. Es würde behütet und geliebt im Schoß ihrer Familie aufwachsen können. Sie wollte auch keinen Mann heiraten, den man dazu zwingen würde. Und auch ohne Kind würde William Sutton auffallen, dass sie keine Jungfrau mehr war.

„Ich nehme nicht an, dass ich eine Wahl habe?“, fragte Helena zerknirscht.

„Ihr seid klug!“, antwortete Anne sarkastisch. Sie rief nach einem Diener und bat ihn, George zu holen.

„Mein Bruder wird Euch in Euer neues Zuhause begleiten.“

Helena hatte keine andere Möglichkeit, als ihm zu folgen. Man brachte sie in eine spärlich möblierte Kammer, deren Tür man von außen verschloss.

Der Raum war kahl und dunkel. Helena setzte sich an den Tisch und begann heftig zu schluchzen. Nun war sie eine Gefangene.

„Warum töten wir sie nicht gleich?“, fragte George, als er zu seinen Schwestern zurückgekehrt war. „Das wäre doch das Beste.“

Mary stimmte ihrem Bruder zu: „Die anderen Hofdamen haben gehört, dass sie von einer unheilbaren Krankheit berichtet hatte. Wir sagen einfach, sie wäre gestorben. Die Gelegenheit ist günstig.“

Königin Anne erhob sich von ihrem Stuhl. „Nein, ich habe einen anderen Plan. Ich brauche sie vorerst lebend.“

Kapitel 6

Wenige Tage nachdem Helena in die Kemenate gesperrt wurde, ließ man eine Hebamme zu ihr, die sie untersuchte. Sie konnten sich kurz unterhalten und Helena erfuhr, dass sie Gabriella hieß und früher im Dienste von Königin Katharina stand. Gabriella wusste den Grund nicht, warum man Helena gefangen hielt. Es war aber offensichtlich, dass sie Königin Anne nicht traute und befürchtete, dass sie etwas Böses im Schilde führte. Gabriella mahnte Helena zur Vorsicht.

Helena schlief unruhig in der Nacht. Sie wurde in letzter Zeit von Albträumen gequält. Eine unerklärbare Furcht breitete sich in ihr aus. Sie war froh, als der Morgen anbrach und das Gefühl der Angst ein wenig linderte.

Es war kurz vor Mittag, als sich die Tür öffnete und Gabriella eintrat. Sie war kreidebleich und wirkte mitgenommen. Helena entging nicht, dass ihre Hände zitterten.

„Setzt Euch Lady Winters, ich habe schlechte Nachrichten für Euch. Heute Nacht hatte die Königin eine Totgeburt."

Helena erschrak. Die Geburt eines Mädchens wäre schon ein Problem für die Königin geworden, eine Totgeburt war schlichtweg eine Katastrophe.

„Um Himmels willen, was hat der König dazu gesagt?"

„Er weiß es nicht", antwortete die Hebamme.

„Die Königin fordert, dass wir die Fehlgeburt geheim halten."

„Zu welchem Zweck, der König ist doch nicht dumm? Er weiß, dass das Kind bald zur Welt kommen muss."

„Niemand weiß den genauen Geburtstermin vom Kind der Königin. Man rätselt darüber, weil ihr Bauch viel zu flach ist. Ich hatte schon die Befürchtung, dass das Kind in ihrem Leib nicht mehr wächst, aber sie hätte mich rausgejagt, wenn ich das laut ausgesprochen hätte. Die Königin möchte warten, bis Euer Kind kommt und es dann als ihres ausgeben. Sie will, dass ich es sofort nach der Geburt zu ihr bringe. Auch die Geschwister der Königin sind in diesen Plan eingeweiht. Sie bestärken die Vorgehensweise der Königin."

Helena konnte kaum fassen, was sie da hörte. Nun begannen auch ihre Hände zu zittern.

„Das kann nicht ihr Ernst sein. Ist sie wahnsinnig geworden? Sie glaubt doch nicht, dass sie damit durchkommt? Und was hat sie mit mir vor?", fragte sie kreidebleich.

„Ihr sollt nach der Geburt ermordet werden. Diese Aufgabe soll der Bruder der Königin übernehmen", antwortete Gabriella.

Helena schlug entsetzt die Hände zusammen. Sie drohte den Halt zu verlieren. Die Hebamme nahm sie in die Arme.

„Habt keine Angst", tröstete sie. „Ich werde Euch helfen. Ich werde dieses Verbrechen nicht zulassen. Ihr müsst fliehen!"

„Aber wie?“

„Ab und zu verlässt Eure Wache den Posten, um den Abort aufzusuchen. Ich werde mit einem Gebräu dafür sorgen, dass er diesen heute noch öfter und länger aufsucht als sonst. Dann könnt Ihr den Raum verlassen.“

„Aber die Tür ist verschlossen. Wie kann ich rauskommen?“

„Der Wachmann rechnet damit, dass ich die Tür hinter mir zusperre, wenn ich rausgehe. Der Schlüssel bleibt immer im Schloss stecken. Dieses Mal werde ich den Sperrvorgang nur vortäuschen. Der Wachmann denkt ja nicht, dass ich Euch zur Flucht verhelfen möchte. Er geht davon aus, dass ich Eure Gefangenschaft unterstütze. Wartet eine Weile, ich weiß nämlich nicht, wann das Gebräu zu wirken anfängt. Wählt ihr den falschen Zeitpunkt für Eure Flucht, ist alles verloren. Ihr müsst Hampton Court schnell verlassen. Am Dienstbotenausgang wendet Ihr Euch an Alfred. Er ist ein Händler, der Euch unbemerkt fortbringen wird. Ihr könnt ihm bedingungslos vertrauen.“

Helena blickte der Hebamme in die Augen.

„Warum helft Ihr mir?“

„Als ich in Königin Annes Dienste trat, war auch meine Tochter bei mir. Ich wollte sie anlernen. Sie wollte eine Hebamme werden wie ich. Eines Tages oder besser gesagt eines Nachts wurde sie von Männern überfallen, vergewaltigt und getötet. Einer der Männer war der Bruder der Königin. Zeugen haben mir dies berichtet. Wie Ihr also seht, habe ich mit der

Königin noch eine Rechnung offen.“

Helena war bestürzt. Es war im Moment alles zu viel für sie.

„Aber wohin wird Alfred mich bringen? Kann ich zu meinen Eltern zurückkehren?“

„Es gibt nur einen Ort, wo Ihr sicher sein werdet. Dort wird man Euch weder vermuten noch suchen. Die Königin wird nach Euch fahnden. Solange das Kind ungeboren ist, kann sie den Schwindel aufrechterhalten. Aber Ihr werdet auch noch dann in Gefahr sein, wenn sie ihre Totgeburt zugeben muss. Solltet Ihr ein Mädchen gebären, wäre es halb so schlimm, doch wenn Ihr einen Sohn gebärt, wird die Königin alles daran setzen zu verhindern, dass der König je davon erfährt. Denn das wäre ein Beweis, dass der König in der Lage ist, einen Sohn zu zeugen, sie aber nicht, einen zu gebären. Ihre Stellung wäre in großer Gefahr. Also achtet darauf, Euch gut zu verstecken. Ihr dürft Eure wahre Identität niemals preisgeben.“

Helena sehnte sich nach zuhause, aber sie begriff, dass eine Heimkehr unmöglich war. „Wie soll mir das gelingen? Ich weiß nicht, wo ich sicher sein kann.“

„Wie schon gesagt, es gibt nur einen Ort, den die Königin nie betreten wird: Schloss Kimbolton.“

„Das ist der Aufenthaltsort der ehemaligen Königin Katharina“, wusste Helena. Der König wollte seine Exfrau weit von sich wissen und verbannte sie dorthin.

Gabriella nickte.

„Aber wie soll ich es schaffen, dort hinzugelangen?“

„Ich werde Euch ein Empfehlungsschreiben mitgeben. Ihr müsst Euch als meine Tochter Margret ausgeben. Die ehemalige Königin verdankt mir ihr Leben. Ohne mich wäre sie bei ihren zahlreichen Fehl- und Totgeburten längst gestorben. Sie steht in meiner Schuld. Als meine Tochter wird sie Euch in den Haushalt aufnehmen. Ich bitte Sie, Euch als Dienerin aufzunehmen. Ich weiß, das ist weit unter Eurem Stand, aber alles andere wäre unglaubwürdig. Ich werde ihr schreiben, dass Euer Mann unerwartet verunglückt sei und Ihr nun dringend Hilfe braucht. Vertraut mir! Die Königin hatte ein enges Verhältnis zu mir. Sie wird Euch helfen.“

„Kann ich ihr nicht die Wahrheit sagen? Vielleicht hat sie Verständnis für meine Situation?“

„Katharina musste oft miterleben, wie der König seine Gunst den Hofdamen schenkte. Anne Boleyn war eine davon. Heute ist sie die neue Königin. Vielleicht hätte sie Verständnis für Euch, aber nach allem, was sie erleiden musste, würde ich mich nicht darauf verlassen. Ihr seid eine Hofdame und tragt das Kind des Königs, womöglich sogar einen Sohn. Was denkt Ihr, wie Katharina sich dabei fühlen würde, das zu hören. Sie wurde oft genug verletzt. Erspart Ihr ein weiteres Mal.“

Helena wartete eine Weile, nachdem Gabriella den Raum verlassen hatte. Sie wusste nicht, wann der geeignete Augenblick war, um aus der Kemenate zu fliehen.

Sie konnte durch die dicke Holztür hindurch nicht hören, ob der Wachposten seine Position verlassen hatte. Er durfte sie auf keinen Fall erwischen. Es war wahrscheinlich ihre einzige Möglichkeit zur Flucht.

Sie wartete ein Weilchen ab, ehe sie an die Holztür klopfte. Würde der Wachmann das hören, würde er nachfragen, was sie möchte. Als dies nicht geschah, traute sich Helena die schwere Tür zu öffnen. Diese knarrte sehr laut und Helena befürchtete, man würde sie hören. Der Wachposten war nirgendwo zu sehen. Sie hüllte sich in einen Umhang und bedeckte ihr Haar mit einem Tuch. Langsam stieg sie die Treppen hinab. Unten angekommen vernahm sie eine weibliche und eine männliche Stimme. Helena spähte um die Ecke und erkannte, wie Lady Ashton sich sehr vertraut mit einem Höfling unterhielt und die beiden sich küssten.

Helena würde niemals unerkannt an ihr vorbeikommen. So gut konnte sie sich nicht einmal in einem Umhang verstecken. Sie wurde langsam nervös. Es bestand die Gefahr, dass der Wachmann ihre Abwesenheit bemerkte und Alfred würde nicht ewig auf sie warten können. Helena musste sich etwas einfallen lassen.

Es war ganz offensichtlich, dass Lady Ashton und der Höfling sich hier heimlich trafen. Helena nahm ihre Schuhe, die sie vorher ausgezogen hatte, um auf der Treppe keinen Lärm zu machen. Sie hämmerte damit auf die Stufen und versuchte so Männerschritte nachzumachen. Wie erhofft flohen die beiden Turteltauben. Von da an gelang es Helena, unerkannt in den Hinterhof zu gelangen. Sie sah sich um. Gabriella hatte ihr Alfred gut beschrieben, aber es tummelten sich unendlich viele Händler auf dem Areal. Zum Glück hatte Gabriella ihr gesagt, dass Alfred mit einem Schimmel unterwegs war. Sie sah nur ein einziges weißes Pferd im Hof.

„Seid Ihr Alfred?“, fragte sie den Händler. Er nickte. „Schickt Euch Gabriella?“, fragte er zurück.

„Ja.“

Alfred half Helena aufzusteigen. „Ihr müsst Euch zwischen dem Obst und Gemüse verstecken. Wir müssen die Wachposten am Tor passieren. Verhaltet Euch ganz ruhig.“

Helena war nervös und bekam zwischen dem Obst und Gemüse kaum Luft. Alfred verwickelte die Wachen am Tor in ein kurzes Gespräch über das Wetter und die Handelspreise und lenkte sie so vom Inhalt des Wagens ab. Er konnte ungehindert passieren.

Der Wagen rollte ungemütlich auf der steinigen Straße entlang und Helena schmerzte es schon bald am ganzen Körper. Ihr war unklar, wie sie in ihrem Zustand die lange Reise überstehen sollte.

Als Alfred weit genug von Hampton Court entfernt war, hielt er an.

„Lady Winters“, rief er. Helena richtete sich vorsichtig auf.

„Ihr müsst jetzt noch eine Zeit durchhalten“, fuhr Alfred fort. „Sobald man Eure Abwesenheit in

Hampton Court bemerkt, wird man Reiter aussenden, um nach Euch zu suchen.

Ich kann Euch nicht mit meinem Pferdewagen nach Schloss Kimbolton bringen. Das schafft weder mein Pferd noch mein Wagen. Ich bringe Euch in die Innenstadt von London. Dort könnt ihr mit einer Personenkutsche weiterreisen. Ich habe einen Beutel mit unauffälliger Kleidung und Wegzehrung für Euch. Ihr dürft niemandem verraten, wer Ihr seid. Von heute an heißt Ihr Margret und seid Gabriellas Tochter."

„Aber was ist mit meiner Familie? Sollen sie nie erfahren, was mit mir geschehen ist?"

Helena vermisste ihre Mutter sehr. Jemand musste ihr sagen, dass sie das Kind des Königs trug und man nach ihrem Leben trachtete.

„Alfred, Ihr müsst mir einen Gefallen tun", bat Helena. „Lasst meiner Mutter eine Nachricht zukommen. Wenn sie keine bekommt, wird sie am Hofe nach mir suchen. Sie könnte in große Gefahr geraten."

Alfred nickte. „Ich kann eventuell über einen anderen Händler eine Nachricht überbringen lassen."

„Ihr müsst meiner Mutter ausrichten, dass die Königin nach meinem Leben trachtet und mir mein Kind wegnehmen und es als ihres ausgeben möchte. Berichtet ihr von einer Fehlgeburt der Königin, aber sagt es niemanden sonst, denn die Königin verschweigt diese Tatsache. Richtet ihr aus, dass der König Vater meines Kindes ist, aber nichts davon weiß. Meine Mutter muss den Hof unbedingt meiden. Alfred, seid vorsichtig! Diese Informationen sind streng geheim. Jeder, der sie kennt, ist in tödlicher Gefahr. Wählt einen vertrauenswürdigen Händler, der diese Nachricht überbringt.“

„Ihr könnt mir vertrauen“, beruhigte Alfred.

Kapitel 7

Helena war auf dem Weg nach London und starr vor Angst. Jedes Mal, wenn Reiter sich den Pferdewagen näherten, fürchtete sie das Schlimmste. Alfred ließ keinen Verdacht aufkommen. Er grüßte alle, die vorbeizogen, freundlich und bot ihnen Obst und Gemüse an. In London führte er Helena zur Kutschenstation. Er überreichte ihr noch einen Beutel.

„Dieser Beutel mit ein wenig Nahrung und ein paar Münzen ist von Gabriella." Helena bedankte sich. Von jetzt an war sie auf sich allein gestellt.

In der Kutsche Richtung Kimbolton fuhr ein freundliches Ehepaar mit, das erst kürzlich vermählt wurde und auf reichen Kindersegen hoffte. Sie bedauerten Helenas Schicksal, die erzählte, ihr Mann wäre verunglückt und sie fahre nun zu ihren Eltern, die sich um sie kümmern würden.

Die Reise nach Schloss Kimbolton war für Helena sehr beschwerlich. Starker Regen verhinderte ein schnelles Vorankommen und so dauerte es einige Tage, ehe sie völlig erschöpft das Schloss erreichten. In dem Beutel mit der Wegzehrung befand sich auch ein kleinerer mit Münzen. Damit bezahlte Helena die Fahrt.

Mit zerlumpten Kleidern stand sie nun vor der Eingangspforte von Schloss Kimbolton und noch immer regnete es in Strömen. Es war kalt und Helena zitterte am ganzen Körper.

„Was wollt Ihr?", fuhr der Pförtner sie an. „Wir brauchen hier keine Bittsteller! Verschwindet!"

„Ich möchte zu Lady Katharina vorgelassen werden“, bat Helena.

„Ihr glaubt doch nicht, dass wir jeden hier hereinlassen! Wo kämen wir da hin?“

„Bitte“, bettelte Helena. „Ich habe ein Empfehlungsschreiben für eine Anstellung. Ich möchte eine Dienerin im Haushalt der Königin werden.“

Der Pförtner lachte auf. „In Eurem Zustand wollt Ihr eine Dienerin werden!“, spottete er. „Hier gibt es keine Königin mehr. Katharina ist keine Königin! Ihren Platz hat eine andere eingenommen. Lady Katharina hat nicht mehr zu bestimmen, wer in Ihrem Haushalt dient. Das bestimmt der König, und wenn Ihr nicht von ihm ein Empfehlungsschreiben habt, dann kommt Ihr hier nicht rein!“

Helena merkte, wie ihre Knie immer weicher wurden, und ein seltsamer Nebel legte sich um ihre Augen. Ehe sie reagieren konnte, stürzte sie auf den schlammigen Boden.

„Das fehlt mir noch!“, schrie der Pförtner. „Dieses Balg macht nur Schwierigkeiten.“

Er rief Wachen hinzu, die ihm helfen sollten, die ohnmächtige Helena in das Schloss zu bringen. Der Tumult um die schwangere Frau war Katharina nicht entgangen, die von einem Fenster aus das Treiben am Pförtnerhaus beobachtet hatte.

Sie begab sich in die Halle, wo Helena auf einem Tuch aufgebahrt lag und langsam wieder zu sich kam.

„Was geht hier vor sich?“, fragte Katharina.

„Sie behauptet, sie hat ein Empfehlungsschreiben

für eine Anstellung in Eurem Haushalt“, gab der Pförtner von sich, der in der Gegenwart der anmutigen Frau nun doch etwas zurückhaltender wurde.

„Lasst mich das Schreiben sehen!“, forderte Katharina Helena auf.

Sie schaffte es, den Brief aus ihrer Tasche zu ziehen.

Katharina las den Inhalt aufmerksam durch.

„Bringt sie in ein Zimmer und gebt ihr zu essen und zu trinken. Eine Magd soll sich um sie kümmern. Ich sehe später nach ihr“, befahl die ehemalige Königin.

„Ich habe den Befehl, niemanden hereinzulassen, den ich nicht kenne“, wandte der Pförtner ein.

„Dann geht doch zum König! Belästigt ihn mit dieser trivialen Angelegenheit! Vielleicht findet Ihr Argumente, warum ich diese arme schwangere Frau vor die Tür setzen soll!“ Katharina war erbost über diese Bevormundung.

„Sie könnte eine Spionin sein“, warf der Pförtner ein.

„Dann muss der König aber tief gesunken sein, wenn er es nötig hat, eine schwangere Frau als Spionin einzusetzen“, wandte Katharina ein. „Aber ich bitte Euch, geht zum König und fragt ihn, ob von dieser Frau eine Gefahr ausgeht. Und solange Ihr keine Antwort habt, bleibt sie hier!“

Der Pförtner war nicht daran interessiert mit dem König in Kontakt zu treten. Er wollte es vorerst auf sich beruhen lassen, doch er würde die junge Frau im Auge behalten.

Kapitel 8 – Schloss Kimbolton

Helena wurde in ein Zimmer gebracht, indem sogleich ein warmes Kaminfeuer entzündet wurde. Man gab ihr zu essen und zu trinken. Sie war so müde und erschöpft, dass sie sich im Anschluss auf das Bett legte und sofort einschlief.

Sie erwachte erst am nächsten Morgen wieder. Die Wolken waren lichter geworden und die ersten Sonnenstrahlen drängten sich hindurch.

„Lady Katharina wünscht Euch zu sehen", sagte eine Dienerin mit freundlichem Gesicht.

Helena folgte ihr und auf dem Weg durch die Gänge fiel ihr auf, wie schlicht die Innenausstattung des Schlosses war. Den steinernen Wänden fehlten Bilder und Wandteppiche. Überall war ein kalter Luftzug zu spüren. Die Möbel waren aus einfachem Holz. Es fehlte jeglicher Prunk, der für eine ehemalige Königin angemessen wäre.

Katharina saß verhältnismäßig schlicht gekleidet auf einem Stuhl und Helena kam es so vor, als beträte sie das Haus einer einfachen Frau. Sie verbeugte sich tief vor der ehemaligen Königin, denn sie hatte großen Respekt vor ihr. Ihre Eltern hatten ihr viel von Königin Katharina erzählt. Sie hatten viel Sympathie für sie. Obwohl Katharina ursprünglich aus Spanien stammte, hatte das englische Volk sie ins Herz geschlossen.

„Erhebt Euch und setzt Euch auf den Stuhl", befahl Katharina. „Ihr seid also die Tochter von Gabriella, meiner ehemaligen Hebamme, die viel Leid mit mir durchgestanden hat?“

„Ja“, antwortete Helena und biss sich dabei auf die Lippen. Es fiel ihr schwer zu lügen.

„Ich finde es sehr seltsam, dass sie ihre schwangere Tochter zu mir schickt, um hier als Dienerin zu arbeiten. Sie würde ihr Enkelkind doch sicher gerne selbst entbinden.“

Helena schwieg.

Katharina erhob sich und schritt auf sie zu. „Ihr habt keine Ähnlichkeit mit Gabriella und ich dachte, ich hätte ihre Töchter alle schon einmal gesehen“, meinte sie.

Helena fühlte sich durchschaut. Mit Tränen in den Augen flüsterte sie: „Ich bin keine Spionin und ich bin nicht hier, um Euch Schaden zuzufügen. Ich brauche Eure Hilfe und Ihr habt recht, ich bin nicht Gabriellas Tochter. Aber sie hat dieses Empfehlungsschreiben für mich zusammengestellt. Sie hat mir von Eurer Güte erzählt und mich hierhergeschickt.“

„Wer seid Ihr?“, fragte die ehemalige Königin.

„Ich kann Euch die Wahrheit nicht erzählen. Ich möchte Euch nicht in Gefahr bringen“, wandte Helena ein.

„Ohne die Wahrheit werde ich Euch nicht behalten, aber vorerst werden wir Euren Schwindel aufrechterhalten. Ihr seid, die Ihr vorzugeben versucht! Ich werde Euch mit Margret ansprechen, wie es im Brief steht. Ihr könnt bleiben, bis das Kind zur Welt kommt. Wenn Ihr mir nicht sagt, wer Ihr seid, müsst Ihr danach gehen.“

Helena nickte. Sie hoffte auf ein Mädchen, dann würde sie nach Hause zurückkehren können und wäre uninteressant für Königin Anne.

„Ich danke Euch, Eure Majestät."

„Hier darf mich niemand so ansprechen", warnte Katharina. „Seid vorsichtig, Ihr könnt hier nur wenigen trauen!"

Kapitel 9

Die kleine Kapelle in Schloss Kimbolton war Katharinas liebster Ort. Sie war sehr schlicht eingerichtet. Lediglich ein Kreuz, ein Bild der Jungfrau Maria und eine Kerze zierten den Raum. Im stillen Gebet zu Gott fand Katharina Kraft und Trost. Doch dieses Mal suchte sich dort nicht nach Ruhe. In ihrem Kopf kreisten viele Gedanken um die junge Frau, die sie aufgenommen hatte. Würde der König wirklich so dreist sein, eine schwangere Frau als Spionin einzusetzen? Es war ihm zuzutrauen. Aber die Angst und Unsicherheit im Ausdruck der Frau waren nicht vorgetäuscht. Sie schien sich vor irgendetwas zu fürchten.

In der Kapelle traf Katharina ihren Beichtvater, zu dem sie großes Vertrauen hatte. Er hatte sie durch die dunkle Zeit ihres Lebens begleitet.

„Was beunruhigt Euch?“, fragte er Katharina.

Sie erzählte ihm von der schwangeren Frau.

„Ihr solltet sie wegschicken“, meinte der Beichtvater. „Auch wenn Ihr der jetzigen Königin nicht mehr gefährlich werden könnt, wünscht sie sich dennoch Euren Tod.“

„Ich fürchte meinen Tod nicht, ich habe nur Angst um meine Tochter Mary. Was werden sie ihr antun, wenn ich nicht mehr lebe?“

Katharinas Hände zitterten, wenn sie an ihre Tochter dachte. Sie wusste, dass man sie schlecht behandelte, und sie konnte nichts tun, um ihr zu helfen. Der König erlaubte es ihr nicht sie zu sehen.

„Möglicherweise hat man sie zu Euch geschickt, um Euch Gift unterzujubeln“, unterbrach der Beichtvater Katharinas Gedanken.

„Ihr meint die junge Frau? Nein, ich erkannte Gabriellas Schrift in dem Brief, den sie mit sich führte. Gabriella ist einer der wenigen Menschen, denen ich trauen kann. Es muss einen guten Grund haben, warum sie die junge Frau unter falschen Angaben zu mir geschickt hat. Es hat etwas mit dem Kind zu tun, das sie unter dem Herzen trägt. Ich werde es noch herausfinden.“

„Soll ich an Eurer statt Nachforschungen betreiben?“, fragte der Beichtvater.

„Noch nicht. Es könnte zu gefährlich sein.“

Solange Katharina das Geheimnis um die schwangere Frau nicht kannte, blieb sie misstrauisch. Sie konnte eine einfache Frau sein oder auch aus höheren Kreisen stammen. Das lag für Katharina näher auf der Hand. Es gab offenbar Menschen, die von dieser Schwangerschaft nicht wissen durften. Wahrscheinlich trug die Frau das Kind eines verheirateten Mannes mit hohem Amt. Bestimmt wurde die junge Dame am Hof geschwängert. Woher sonst sollte sie Gabriella kennen? Um die Wahrheit zu erfahren, musste sie Vertrauen aufbauen.

„Die Sommer können auch in England heiß sein.“

Helena erschrak. Sie hatte nicht bemerkt, dass ihr Katharina in den Garten gefolgt war. Sie versuchte der ehemaligen Königin aus dem Weg zu gehen. Ein schlechtes Gewissen plagte sie, weil sie ihr nicht die

Wahrheit sagen konnte.

Sie schämte sich dafür, das Kind des Königs zu tragen. Womöglich würde sie Katharina für eine lasterhafte Person halten, die für die Gunst des Königs ihren Körper gab. Würde sie ihr glauben, dass sie sich dem König nicht freiwillig hingegeben hatte?

„Aber es ist nicht so heiß wie in Spanien. Ich kam als junges Mädchen nach England, etwa in Eurem Alter, war eine Fremde und so wurde ich behandelt. Vieles war anders als in Spanien. Besonders schmerzhaft vermisste ich meine Eltern", fuhr Katharina fort.

„Es ist schlimm, wenn man keine Wahl hat, keinen Einfluss auf sein Leben nehmen kann", meinte Helena.

„Hattet Ihr eine Wahl?", fragte Katharina.

Helena schüttelte den Kopf. „Meine Mutter wollte eine gute Zukunft für mich, aber es kam alles ganz anders."

„Ich verstehe, was Ihr meint", warf Katharina ein. „Meiner Tochter kann ich auch nicht helfen. Der König hat sie mir fortgenommen. Aber Mary ist stark. Eine Mutter sollte niemals von ihrem Kind getrennt werden."

Helena tastete die Rundungen ihres Bauches ab. Sie würde es nicht zulassen, dass man ihr das Kind nahm. Es war kein Wunschkind, doch es war ihr Kind und es floss königliches Blut darin.

„Ruht Euch aus!", forderte Katharina Helena auf.

Kapitel 10 – Northumberland

Es war ein besonders warmer Tag in Northumberland. Das Anwesen der Suttons lag abseits der Stadt mitten auf dem Land, umgeben von Feldern und Weiden. Dort stand es nun schon seit acht Generationen. Nach einem Brand vor zehn Jahren wurde es renoviert und um einen Flügel erweitert.

Edward Sutton hatte besonders viel Wert darauf gelegt, dass der alte Baumbestand auf seinem Anwesen erhalten blieb. Er mochte die sanften Riesen, die seinem Grundstück Schatten spendeten. Sein Sohn William würde das alles einmal erben und Edward stellte sich die Frage, ob er es auch so belassen würde.

Aber meistens waren es ohnehin die Ehefrauen, die an allem etwas ändern wollten. Edward hatte sich Zeit gelassen für seinen Sohn eine Frau zu suchen. William war mit seinen vierundzwanzig Jahren schon über das Heiratsalter hinaus. Aber die Zeiten waren unsicher. Edward wollte eine friedlichere Zeit abwarten. Was hatte eine Frau von einem Mann, der in den Krieg ziehen musste? In der Zwischenzeit schien der König am Kriegsspiel die Lust verloren zu haben. Zumindest fehlten ihm die dafür notwendigen Mittel. Deswegen wäre es jetzt langsam Zeit für die Ehe zwischen William und Helena Winters. Die Vorbereitungen dazu waren längst getroffen, über die Mitgift hatte man sich geeinigt. Eigentlich wollte man nur noch warten, bis Helena ein bisschen älter war und sich am Hofe ein wenig auf ihr zukünftiges Leben vorbereiten konnte.

Für Edward gab es keinen Zweifel, dass die Verbindung mit den Winters allen guttun würde. Mit Helenas Mutter Isabella verstand Edward sich ohnehin hervorragend, war sie doch seine große Jugendliebe. Auch wenn sein Sohn William seine Braut noch nicht kennengelernt hatte, so war sich Edward sicher, dass die beiden sich verstehen würden. Die Winters waren in Sussex angesehene Leute, die einen tadellosen Ruf pflegten. Sicher wäre es für Helena eine große Veränderung vom milden Süden in den rauen Norden zu wechseln. Aber Edward hätte alles getan, um William und Helena zu unterstützen.

Edward war nun sehr enttäuscht und ratlos über den Brief, den Lady Isabella Winters ihm geschrieben hatte. Sie hatte die Verlobung ihrer Tochter Helena mit William aufgehoben und die Angabe der Gründe war mehr als dürftig. Das war nicht Isabellas Stil. Es musste etwas vorgefallen sein, was sie ihm verschwieg.

Auch Edwards Sohn William war sehr überrascht. Er hatte sich nichts zu Schulden kommen lassen und war eine mehr als gute Partie. Es gab genug Frauen, die gerne eine Ehe mit ihm eingegangen wären. Aber er vertraute seinem Vater und verließ sich auf seine Brautwahl. Es war ihm bislang nicht möglich Helena kennenzulernen. Zweimal wurde ein Treffen arrangiert, aber es kam immer etwas dazwischen. Man vermutete, dass Lord Winters die Treffen verhinderte. Er war von einer schweren Erkrankung gezeichnet und wollte nicht, dass Leute auf sein Anwesen kamen, um ihn so zu sehen.

„Es gäbe auch andere Frauen für mich“, meinte William, als er das enttäuschte Gesicht seines Vaters sah.

„Ich möchte wissen, was da wirklich los ist. Isabella schreibt, dass ihre Tochter krank wäre, aber wegen einer Erkrankung löst man noch keine Verlobung auf. Das finde ich wirklich sehr sonderbar. Ich werde nach Sussex reiten und mir ein Bild von der Situation machen“, meinte Edward.

„Soll ich dich begleiten?“

„Nein, lieber nicht, wer weiß schon, was da vor sich geht.“

Edward Sutton machte sich am nächsten Tag auf den Weg in den Süden Englands. Seine Reise würde gut zwei Wochen dauern, selbst mit einem schnellen Pferd. Doch das störte ihn nicht. Er suchte schon lange einen Vorwand, um Isabella wiederzusehen. In jungen Jahren war er in sie verliebt gewesen. Sie hätte ihm beinahe ihre Unschuld geschenkt, doch Isabellas Vater hatte einen anderen Mann für sie vorgesehen. Edward musste sich zurückziehen.

Durch eine Hochzeit zwischen seinem Sohn und Isabellas Tochter hoffte er, wieder eine Verbindung zu seiner alten Liebe herzustellen. Seine Frau war vor einem Jahr gestorben. Marie war nicht die Frau seiner Wahl, auch er musste den Wünschen der Eltern nachgeben. Die Ehe verlief nicht sehr harmonisch. Marie war verschwenderisch und eitel gewesen und hatte sich ständig beklagt, nicht am Hofe leben zu können. Der Norden war ihr zu karg und langweilig gewesen.

Die Erinnerungen an Isabella und ihr fröhliches Lachen halfen Edward oft in schweren Stunden.

Kapitel 11 – Sussex

Isabella war angespannt und müde. Die Sorge um ihre Tochter ermattete sie. Sie nahm Platz auf einer Bank unter einer Eiche und schloss für einen Moment die Augen, als sie das Getrappel von Pferdehufen hörte.

Sie stand auf und begab sich in den Hof. Als sie dort ankam, traute sie ihren Augen kaum.

Edward Sutton stieg vom Pferd. Freude und Angst mischten sich in ihren Gefühlen.

„Isabella!“, rief Edward. „Es ist schön dich zu sehen. Du wirst mit keinem Tag älter.“

Dieses Kompliment rang Isabella ein Lächeln ab und sie errötete. Lord Sutton übergab dem Dienstpersonal die Zügel des Pferdes und wartete kurz, bis diese sich entfernten, dann wandte er sich Isabella zu.

„Ich habe oft an dich gedacht und sehnsüchtig auf die Gelegenheit gewartet, dich wiederzusehen. Ich dachte, spätestens bei der Hochzeit unserer Kinder würden wir uns begegnen. Dann kam dein Schreiben über die Aufhebung der Verlobung. Es hat uns tief bestürzt zu hören, dass Helena erkrankt ist. Es muss eine schwere Erkrankung sein, wenn du deswegen gleich die Verlobung löst? Ich habe mir auch große Sorgen um dich gemacht, dass du dich möglicherweise anstecken könntest. So beschloss ich euch zu besuchen und dir meine Aufwartung zu machen. Ich möchte auch Helena sehen. Du weißt, dass ich mich medizinisch etwas auskenne.“

Isabella erinnerte sich gerne an die gemeinsame Zeit mit Edward. Die schönen Momente, die sie mit ihm erlebt hatte, waren in ihrem Herzen immer noch so gegenwärtig und lebendig. Er hatte noch die gleiche anziehende Ausstrahlung wie früher. Gerne wäre sie in seine Arme gestürzt, um dort Geborgenheit zu finden, doch der Anstand verbot es ihr.

„Das geht nicht. Du kannst Helena jetzt nicht besuchen", log Isabella. „Sie schläft gerade in ihrem Zimmer und die Erkrankung ist ansteckend."

„Sie hat doch nicht etwa das Schweißfieber?", fragte Edward beunruhigt.

„Doch, genau das hat sie." Isabella merkte, wie sie errötete.

Edward war verwundert. Als das letzte Mal das Schweißfieber ausgebrochen war, herrschte eine furchtbare Panik im Land. Jeder wusste Bescheid und versuchte sich davor in Acht zu nehmen. Das Schweißfieber war hochansteckend und viele überlebten es nicht.

„Sie war doch noch unlängst am Hofe. Dort hat derzeit niemand das Schweißfieber. Das hätten wir längst mitbekommen. Sind noch andere Mitglieder dieses Haushalts krank? Wo soll sie diese Erkrankung eingefangen haben? Vielleicht kann ich mir Helena ansehen und eine richtige Diagnose stellen."

„Sie ist nicht hier", widersprach Isabella. „Sie ist in einer Heilstätte."

„Du sagtest doch eben, sie liegt in ihrem Zimmer und schläft."

Isabella biss sich auf die Lippen. Sie fühlte sich

plötzlich in die Enge gedrängt.

„Was ist hier los Isabella? Sag mir die Wahrheit!"

Isabella stiegen Tränen in die Augen und sie begann zu weinen.

Edward schritt auf sie zu und legte sanft seine Arme um sie.

„Es tut mir so leid", begann Isabella. „Es ist alles so furchtbar. Ich weiß nicht, wie ich es dir sagen soll."

„Was kann im schlimmsten Fall passieren? Die Verlobung hast du schon gelöst. Erzähle mir, was los ist."

„Du musst mir schwören, es niemandem zu erzählen!", ermahnte Isabella ihren alten Freund.

„Ich verspreche es dir."

„Helena wurde vom König geschwängert. Sie musste vom Hof fliehen, weil ihr die Königin nach dem Leben trachtete."

Edwards Miene hatte sich verfinstert. „Sagst du mir auch die Wahrheit? Ich habe noch nichts von der Fehlgeburt der Königin gehört. Solche Nachrichten verbreiten sich normalerweise sehr schnell."

„Sie wollte diese vertuschen und dann Helenas Kind als ihres präsentieren. Aber sie wird es nun wohl nicht mehr leugnen können, denn sie wäre jetzt längst überfällig. Vermutlich wird uns die Nachricht über die Fehlgeburt bald erreichen. Möglich, dass der König diese schlechte Neuigkeit bewusst zurückhält. Er wollte doch der ganzen Welt beweisen, dass er mit einer jungen Frau gesunde Söhne zeugen kann. Und jetzt das!"

„Der König ist ein geiler Bock!“, schimpfte Edward. „Sein Ruf, dass er junge Mädchen verführt ist überall bekannt.“

„Helena war ein Opfer. Sie hat das sicher nicht gewollt. Ich kenne meine Tochter. Ich habe sie gut erzogen, ihr dir richtigen Werte gelehrt.“

Edward nahm Isabellas Hände.

„Ich glaube dir. Du hast dich mir auch nicht hingegeben, als du hörtest, dass du mit einem anderen vermählt wirst. Du bist standhaft geblieben, obwohl wir uns liebten. Als ich Helena das erste Mal sah, fiel mir gleich auf: Sie ist wie du. Sie hat deine Anmut und Schönheit geerbt. Ich kenne den König. Er vergnügt sich nur zu gern mit den Hofdamen der Königin. Wo ist Helena jetzt?“

„Ich weiß es nicht. Sie musste fliehen. Sie hat mir ihren Aufenthaltsort nicht verraten. Es wäre zu gefährlich, hat sie gemeint. Sie muss unmittelbar vor der Geburt stehen. Ich mache mir solche Sorgen. Was ist, wenn sie bei der Geburt stirbt und ich sie niemals wiedersehe?“ Isabella begann bei dem Gedanken, ihre Tochter für immer zu verlieren, zu zittern.

„Vielleicht weiß jemand bei Hofe, was aus ihr wurde. Jemand muss ihr zur Flucht verholfen haben. Also muss ihr auch jemand geholfen haben zu fliehen. Ich werde mit meinem Sohn versuchen, das Ganze aufzuklären. Schließlich ist er Helenas Verlobter.“

„Du meinst, er war ihr Verlobter. Er wird sich nach allem, was geschehen ist, von ihr abwenden“, warf Isabella ein.

„Vielleicht. Ich muss es ihm überlassen. Aber ich kenne meinen Sohn. Er ist ein guter Mensch. Wenn er sich selbst ein Bild von der Situation macht, kann er gerechter urteilen. Ich werde morgen zurückreiten. Es wird eine Zeit dauern, bis wir mehr wissen."

„Ich danke dir. Dann darf ich dich heute als meinen Gast beherbergen?"

„Wenn dein Gemahl nichts dagegen hat?"

„Er ist sehr krank. Die meiste Zeit des Tages liegt er in seinem Gemach."

„Es tut mir leid, das zu hören." Seine Worte klangen aufrichtig.

„Die Krankheit beherrscht ihn schon seit Jahren. Anfangs war es sein Zittern und sein schleppender Gang, sein Gesicht wurde immer starrer. Es war keine Mimik mehr zu erkennen. In der Zwischenzeit kommt er kaum von der Stelle und sein Gedächtnis hat nachgelassen. Manchmal erkennt er mich nicht mehr."

„Wie geht es dir damit?", fragte Edward.

„Ganz gut. Wir haben gutes Personal und mein Sohn Thomas hilft mir. Er hat seine Studien abgeschlossen und wird zumindest bis zum nächsten Frühjahr bei mir bleiben. Die anderen Söhne studieren auswärts. Sie sind alle sehr anständig. Thomas wird heute nicht nach Hause kommen. Er ist bei einer Jagdgesellschaft und wird dort eine Woche bleiben."

Isabella führte Edward durch die Anlage und das

Haus. Edward gefielen besonders gut die neu ausgebauten Pferdestallungen.

„Mein Sohn Thomas liebt Pferde und möchte gerne eine kleine Zucht aufbauen.“

„Mein Sohn mag Pferde auch sehr gern. Er hätte sich schon sehr auf die Ausritte mit deiner Tochter gefreut.“

„Daraus wird jetzt wohl nichts mehr werden“, meinte Isabella seufzend.

Sie bedauerte die aktuellen Entwicklungen sehr.

„Im Moment ist es wichtig herauszufinden, wo sich Helena aufhält und ob es ihr gut geht. Ich helfe dir sie zu finden. Es wird schon alles gut werden.“

Isabella war dankbar für Edwards Hilfe und Verständnis. Er hätte sich auch abwenden können. Seine Zuversicht gab auch ihr Mut. Sie war in dieser furchtbaren Situation nicht alleine.

Kapitel 12 – Schloss Kimbolton

Helena war erschöpft. Die Wehen hatten am frühen Nachmittag eingesetzt und erst kurz vor Mitternacht ging es mit der Geburt endlich voran.

Katharina hatte für Helena eine Hebamme kommen lassen. In wenigen Augenblicken würde sich zeigen, ob Helena Aussicht auf eine Zukunft in Freiheit hatte oder sie sich weiter verstecken musste.

Sie betete und flehte um Erbarmen, doch der Himmel erhörte sie nicht.

Fast genau zu Mitternacht erblickte ein Junge das Licht der Welt.

„Ihr habt einen kerngesunden jungen Mann zur Welt gebracht“, freute sich die Hebamme. Sie legte ihn auf Helenas Brust.

Katharina betrat das Zimmer. Sie fand Helena weinend vor.

„Ihr solltet Euch über Euer Kind freuen. Viele Frauen würden alles geben, um einen gesunden Jungen zur Welt zu bringen. Kürzlich traf die Nachricht ein, dass die Königin eine Fehlgeburt hatte. Eine Ironie des Schicksals, wenn man bedenkt, was der König auf sich genommen hat, um eine Frau zu heiraten, die ihm Söhne gebären soll.“

Helenas Verzweiflung nahm zu.

„Was macht Euch so unendlich traurig?“, bohrte Katharina sanft nach. „Erzählt Ihr mir jetzt, wer Ihr seid?“

Auch wenn die Königin nun ihre Fehlgeburt offen zugegeben hatte, wähnte Helena ihren Sohn in großer Gefahr. Würde bekannt werden, dass König Heinrich einen gesunden Sohn gezeugt hatte, geriete Anne noch mehr in Bedrängnis. Sie würde alles daransetzen, dass niemand von diesem Kind erführe. Bestimmt hatte sie ihre Hunde auf sie gehetzt, um sich ihrer und ihres Sohnes zu entledigen.

„Ihr müsst meinen Sohn beschützen!“, hauchte Helena mit schwacher Stimme.

„Wer trachtet nach seinem Leben?“, fragte Katharina.

„Nur das Geheimnis um ihn kann ihn schützen. Ihr könnt mich fortschicken, aber ich flehe Euch an: Beschützt ihn!“

Katharina streichelte sanft Helenas Stirn.

„Ihr müsst jetzt schlafen“, flüsterte sie. „Macht Euch keine Sorgen. Ihr seid hier sicher. Wir finden einen Weg. Wie soll Euer Sohn heißen? Ich nehme nicht an, dass wir ihn nach seinem Vater nennen dürfen?“

„Ich möchte ihn William nennen.“

„So sei es. Ich werde einen Priester kommen lassen, um ihn zu taufen.“

William war der Vorname ihres ehemaligen Verlobten, Lord Sutton. So konnte wenigstens der Traum von ihm in ihr weiterleben.

Kapitel 13 – Sussex

Isabella ordnete noch ein paar Dokumente ihres Mannes, ehe sie sich hinlegen wollte.

Sie konnte sich nicht recht konzentrieren, denn der Gedanke, dass Edward heute hier in ihrem Haus übernachten würde, lenkte sie ab.

Die zärtlichen Momente, die sie mit ihm erlebt hatte, waren in ihren Erinnerungen immer noch so lebendig, als ob es gestern gewesen wäre. Von ihrem Ehemann hatte sie zwar Respekt, jedoch nie diese Geborgenheit bekommen, wie Edward sie ihr gegeben hatte.

Isabella fühlte sich einsam und das schon lange Zeit. Körperliche Nähe erlebte sie seit der Erkrankung ihres Mannes nicht mehr. Dabei fühlte sie sich noch jung und gesund.

So schön ihr Anwesen im Süden auch war, für sie wurde es immer mehr zu einem Gefängnis. Ihre Söhne studierten auswärts und seit Helena nicht mehr da war, wurde es besonders ruhig.

Allein Edwards Erscheinen warf einen Lichtstrahl und eine Wärme in ihr Herz, wie sie es schon lange nicht mehr verspürt hatte. Sie konnte jetzt nicht schlafen, sie war zu unruhig.

Isabella nahm eine Laterne und spazierte in einem engen Umhang gehüllt die Gänge entlang.

Es zog sie in eine bestimmte Richtung. Als sie vor Edwards Gemach stand, bemerkte sie, dass die Tür einen Spalt offen war und Kerzenlicht daraus drang. Er konnte also auch nicht schlafen, dachte sie.

Der Verstand sagte ihr, sie solle nun umkehren und in ihre Räumlichkeiten zurückkehren, doch das Herz ließ sie keine Anstalten machen zu gehen.

Sie musste laut niesen und erschrak, als sie hörte, wie Edward sich Richtung Tür bewegte, doch für eine Flucht war es jetzt zu spät.

„Isabella!“, rief Edward. Langsam bewegte er sich auf sie zu. „Willst du reinkommen?“, fragte er mit sanfter Stimme, die in Isabella dieses altbekannte Kribbeln auslöste, das sie nur bei Edward fühlte.

„Ich sollte nicht. Am anderen Ende des Hauses schläft mein Mann. Auch wenn keine Zärtlichkeit mehr zwischen uns möglich ist, so bin ich dennoch an ihn gebunden“, wandte Isabella ein.

„Ich will dich nicht zu etwas überreden, was du nicht möchtest. Mein Herz ist frei und es liebt dich wie eh und je. Niemand weiß, wie viel Zeit uns noch bleibt. Ich möchte mir selbst nicht noch einmal sagen müssen, ich hätte den schönsten Augenblick meines Lebens verpasst.“

Isabella nickte. „Du hast recht.“ Sie hatte ihre große Liebe schon einmal verloren. Noch einmal wollte sie das nicht zulassen.

Sie begleitete Edward in sein Gemach. Kaum hatte sie die Laterne auf den Tisch gestellt, nahm er sie in seine Arme. Wärme durchflutete sie, wie sie es nie zuvor gespürt hatte.

Edward bedeckte ihren Hals mit Küssen, in denen ein unstillbares Verlangen zu spüren war.

Isabella kraulte ihre Finger in seinen Rücken. Es

war ein einzigartiger Moment, ihn so nahe bei sich spüren.

Seine Küsse waren ihr nicht fremd. So weit war sie schon mit ihm gegangen, nur der weitere Schritt fehlte noch.

Edward entkleidete Isabella und sie streifte langsam sein Nachtgewand ab. Isabella blickte auf ihren Körper hinab, an dem die Jahre und Schwangerschaften Spuren hinterlassen hatten. Edward schien ihre Gedanken zu lesen. „Du bist so wunderschön", hauchte er und küsste liebevoll Stück für Stück ihrer Haut.

Die Wärme seiner Hände steigerte ihr Verlangen, wenn er zärtlich ihren Körper bis hin zu den verborgenen Stellen streichelte. Sie verschmolzen in einer Art und Weise, wie es beide nie kennengelernt hatten. Zu dem vertrauten Gefühl der Begierde mischte sich Leidenschaft und Liebe in einem ungeahnten Ausmaß.

So oft hatte sie sich diesen Moment gewünscht und erträumt. Die Realität übertraf jedoch jegliche Fantasie.

Was hier geschah, war eine Sünde, doch sie war es wert, dafür in der Hölle zu schmoren.

Diese Nacht war ein Geschenk, und jeder Gedanke daran würde ihr das Leben leichter machen.

„Ich werde Nachforschungen über Helena anstellen", versicherte Edward, als er sich am nächsten Morgen von Isabella verabschiedete. Es fiel ihm nicht leicht zu gehen. Sein langersehnter Traum war endlich in Erfüllung gegangen. Dennoch würde er vorerst weiterträumen müssen. Isabella war verheiratet. Weder er noch sie konnten sich einen Skandal leisten.

„Sei vorsichtig!“, mahnte ihn seine große Liebe. „Helena wähnte sich in Gefahr und vermutlich auch mich und den Rest der Familie, sonst wäre sie hierhergekommen. Bring dich und deinen Sohn William nicht in Schwierigkeiten!“

„Mach dir keine Sorgen! Ich werde alles tun, um euch zu helfen.“

Wehmütig ließ Isabella ihn ziehen. Die Gedanken an die letzte Nacht gaben ihr Kraft und Hoffnung. Für einen kurzen Augenblick war es Edward gelungen, ihre Angst und Sorgen in den Hintergrund zu rücken.

Doch nun reiste er fort und sie fühlte sich einsamer als je zuvor in ihrem Leben.

Kapitel 14 – Hampton Court

„Du siehst schrecklich aus“, sagte George zu seiner Schwester Anne.

„Wie sollte ich auch besser aussehen? Der König ist maßlos enttäuscht von mir, weil ich eine Fehlgeburt hatte. Ich wähne unsere Beziehung in Gefahr. Seine Gefühle zu mir sind abgeflaut. Ein Sohn hätte meine Stellung gesichert. Jetzt wird er nach einer anderen Frau Ausschau halten, die seinen Ansprüchen gerecht wird.“

George erkannte, dass seine Schwester in einer verzweifelten Situation war. Ihm war auch bewusst, dass der König einen Vorwand finden würde, Anne loszuwerden, wenn ihm danach war.

Würde Anne als Königin abgesetzt werden, hätte das auch negative Konsequenzen für alle ihre Verwandten und Bekannten, die durch ihre Gunst Titel, Ämter und Besitz erworben haben. George hatte dank Anne eine hohe Position inne. Er würde ebenso wie sie alles verlieren.

Er musste Annes Absturz verhindern.

„Du musst ihn wieder in dein Bett bringen!“, mahnte er seine Schwester.

„Er lässt mich nicht in sein Gemach, sondern bevorzugt irgendwelche Huren. Mich würde interessieren, wo sich Lady Winters aufhält.“

„Ich lasse sie immer noch suchen, aber es gibt keinen Anhaltspunkt über ihren Aufenthaltsort. Sie ist nicht zu ihrer Familie zurückgekehrt“, ließ George Anne wissen.

„Falls sie einen Sohn geboren hat und der König davon erfährt, stehe ich vor meinem Ruin. Er würde mir die Schuld an der Fehlgeburt geben, meine Gebärfähigkeit infrage stellen. Es wäre eine Katastrophe. Du musst sie weitersuchen lassen. Falls du sie findest, dann töte sie und natürlich auch ihr Kind! Es darf keine Konkurrentin geben, sonst sind wir alle verloren!"

„Du musst den König wieder dazu bringen, dass er dich liebt!"

„Wenn das so einfach wäre!"

„Sei eine demütige Ehefrau, verwöhne ihn! Du bist hübsch und weißt es, dich von anderen abzuheben. Setze deine Reize ein! Du konntest ihn doch früher auch verführen. Erinnere dich daran, wie du ihn für dich gewinnen konntest!", forderte George seine Schwester auf.

Anne schritt unruhig im Raum auf und ab. Sie erinnerte sich zurück, wie der König sie einst umworben hatte. Doch sie versuchte ihn hinzuhalten, bis sie sich sicher sein konnte, dass er sich von Katharina scheiden lassen würde. Anne wollte nicht einfach nur eine Mätresse sein, wie einst ihre Schwester Mary. Der König verlor schnell das Interesse an ihr, nachdem sie freigiebig das Bett mit ihm geteilt hatte. Anne wusste, dass ihre Unnahbarkeit ein besonderer Anreiz für den König war. Ihre Tugendhaftigkeit machte sie noch interessanter für ihn.

„Aber genau hier liegt das Problem. Was er früher an mir liebte, findet er jetzt abstoßend. Er mochte es, dass ich unnachgiebig und keck war. Er liebte meine dominante Persönlichkeit."

„Er mag nur deine Eifersuchtsszenen nicht und dass du ihm Regeln aufstellst oder dich in seine Entscheidungen einmischst", beschwichtigte George, der den aufbrausenden Charakter seiner Schwester nur zu gut kannte.

„Ich kann mich nicht einfach ändern. Ich bin so, wie ich bin, und genauso hat mich der König kennen- und lieben gelernt. Jetzt soll ich auf einmal alles anders machen und alle seine Vergehen und Vernachlässigungen hinnehmen", protestierte Anne.

„Es geht hier nicht mehr nur um dich!", warnte George. „Es betrifft unsere ganze Familie und vergiss nicht: Du hast eine Tochter. Du musst ihre Rechte sichern! Du hast gesehen, was mit Katharinas Tochter Mary passiert ist. Der König hat sie zum Bastard erklärt und du weißt, was das bedeutet."

Anne fröstelte es bei den Gedanken, wie grausam er Menschen verbannen und ausstoßen konnte, die er einmal geliebt hatte. Sie mochte Mary nicht, weil sie ihr keinen Respekt entgegenbrachte und sie nicht als Königin anerkannte. Das war jedoch nicht der Grund, warum der König sie so schäbig behandelte. Katharina weigerte sich bis heute, die Gründe für die Scheidung anzuerkennen. Dass sie vor Heinrich mit seinem Bruder Arthur verheiratet war, wurde ihr zum Verhängnis. In der Bibel steht im 3. Buch Mose: „Wenn jemand die Frau seines Bruders nimmt, so ist das eine abscheuliche Tat. Sie sollen ohne Kinder sein, denn er hat damit seinen Bruder geschändet." Katharina schwor, dass die Ehe mit

Arthur nie vollzogen wurde, auch wenn ihr das niemand glauben wollte.

Heinrich wollte Katharina in die Knie zwingen, indem er ihr die Tochter wegnahm, aber sie blieb standhaft.

Anne musste verhindern, dass ihr und der kleinen Elisabeth ein ähnliches Schicksal widerfuhr.

„Also gut“, sagte sie schließlich. „Ich werde den König mit meiner Anmut bezirzen. Sie sollen mir ein Bad aus Rosenwasser richten und mir die schönsten Kleider bringen. Ich werde wieder mehr Präsenz am Hofe zeigen. Die anderen Damen sollen sich vornehmen. Ich werde sie in den Schatten stellen. Der König soll wissen, warum er mich zu seiner Frau gewählt hat. Schaffe mir alle Konkurrentinnen aus dem Weg, George. Allen voran musst du Lady Winters vernichten!“

George nickte. „Diese Einstellung gefällt mir deutlich besser!“

Kapitel 15 – Schloss Kimbolton, Herbst 1534

Das Jahr neigte sich langsam dem Ende zu. Die Temperaturen sanken deutlich.

Helena brauchte mehrere Wochen, um sich von der Geburt zu erholen. Katharina hatte sie nicht fortgeschickt. Sie bohrte auch nicht mehr nach. Sie war eine kluge Frau und Helena vermutete, dass Katharina einiges ahnte. Die ehemalige Königin freute sich über Helenas Sohn, der Leben nach Schloss Kimbolton brachte.

Er gedieh gut und schien kerngesund. Helena konnte sich persönlich um ihren Sohn kümmern und ihn stillen. Sie baute eine enge Bindung zu William auf. Es gelang ihr zu verdrängen, wie er gezeugt wurde. Es war jetzt nur noch wichtig, dass er existierte. Nachdem sie alles verloren hatte, nahm er einen besonderen Platz in ihrem Herzen ein.

„Ich habe auch Söhne geboren", erzählte Katharina Helena eines Tages.

Helena blickte erstaunt auf.

„Sie haben nicht überlebt", fügte die ehemalige Königin traurig hinzu.

„Mein Schicksal hätte wohl eine andere Wendung genommen, hätte ich Heinrich einen Sohn geboren."

Helena erwiderte zunächst nichts. Sie hatte es geschafft, einen Sohn vom König zu empfangen, und nun war sie deswegen auf der Flucht. Weil ihr gelang, was Katharina verwehrt blieb, hatte sie ein schlechtes Gewissen.

„Es tut mir sehr leid, was Euch widerfahren ist.“

„Schon gut“, winkte Katharina ab. „Als Frauen können wir unser Schicksal nicht selbst beeinflussen. Schon gar nicht, wenn man wie ich die Tochter des spanischen Königspaares ist.

Meine Eltern schlossen schon früh eine Allianz mit König Heinrich VII von England und verlobten mich mit gerade mal drei Jahren mit dem um ein Jahr jüngeren Königssohn Prinz Arthur.

Ich wurde schon von Kindesbeinen an auf diese Ehe vorbereitet. Als ich fünfzehn Jahre alt war, musste ich nach England aufbrechen. Es fiel mir schwer, von Spanien Abschied zu nehmen. Ich liebte meine Eltern, die Kultur meines Landes und das Klima.

Die Reise nach England auf dem Seeweg war schrecklich und ich fürchtete um mein Leben. Als ich in England ankam, lernte ich zunächst Arthurs Bruder Heinrich kennen. Er war damals gerade zehn Jahre alt. Er war fröhlich und aufgeweckt und mir vom ersten Moment an durch seine offene Art sympathisch.

Dann lernte ich den König kennen. Rüpelhaft stürzte er, ohne sich anzumelden, in mein Gemach. So ein Verhalten hätte man in Spanien nie toleriert.

Er stellte mich seinem ältesten Sohn Arthur vor. Dieser war sehr schüchtern und verhalten und ich wurde nur schwer mit ihm vertraut. Nach der Hochzeit schickte man uns nach Wales. Vermutlich wollte man, dass wir uns dort besser kennen und lieben lernten. Dort erkrankten wir beide an Fieber.

Arthur überlebte es nicht. Er starb wenige Monate nach der Hochzeit.

Ich dachte, man würde mich zurück nach Spanien schicken, aber da meine Eltern nur einen Teil der versprochenen Mitgift an England gezahlt hatten, behielt mich König Heinrich VII zurück. Es folgten schwere Jahre für mich. Nach Spanien durfte ich nicht mehr und in England wollte man mich auch nicht. Ich hatte keinen Rang und keine Stellung und brachte kaum die finanziellen Mittel für meinen Haushalt auf. Es wurde schon darüber gesprochen, mich mit Arthurs Bruder Heinrich zu vermählen, aber sein Vater hatte für ihn noch andere Kandidatinnen in Aussicht, von denen er sich mehr versprach. Mein Schicksal war für lange Zeit ungewiss. Als die Frau des Königs starb, erwog er es, mich zu heiraten, aber zum Glück entschied er sich wieder anders. Am Totenbett gab der König mir dann endlich das Einverständnis, seinen Sohn Heinrich heiraten zu dürfen.

Heinrich und ich verstanden uns gut. Er war ein schöner Mann und strahlte Stärke aus.

Ich wurde bald schwanger, aber leider hatte ich eine Totgeburt. Es traf mich sehr, aber wir blieben voller Zuversicht, dass sich das nicht wiederholen würde. Dann wurde ich wieder schwanger und gebar einen Sohn. Heinrich und ich waren überglücklich. Aber das Glück war uns nicht lange gegönnt. Unser Sohn lebte keine zwei Monate. Aber Heinrich war noch jung. Er ließ sich nicht aus der Ruhe bringen.

Wir liebten uns und es war keine harte Arbeit, wieder schwanger zu werden. Aber meine Unglücksserie nahm kein Ende. Es folgte wieder eine Fehlgeburt und wieder verstarb ein Sohn nach der Geburt. Meine Verzweiflung und meine Ängste wuchsen Tag für Tag. Als Königin war es meine Pflicht, einen Thronerben zu gebären. Auch wenn Heinrich mir anfangs keine Vorwürfe machte, so spürte er dennoch den Druck von außen, endlich die Linie der Tudors zu sichern. Als Mary auf die Welt kam und überlebte, atmete ich auf. Auch wenn sie nicht der begehrte Sohn war, so war sie wenigstens ein Beweis, dass ich gesunde Kinder zur Welt bringen konnte. Die Hoffnung in mir keimte wieder auf. Doch leider wurde ich erneut enttäuscht. Es war mir in all den Jahren unserer Ehe nicht gelungen, Heinrich einen Thronerben zu schenken, und irgendwann war es dann zu spät. Meine Fruchtbarkeit war erloschen. Meine Fehlbarkeit ebnete anderen Frauen den Weg zum König."

Helena schweifte mit ihren Gedanken zu Königin Anne ab. Sie hatte den König verführt und ihn mit ihrem Versprechen, Thronerben zu gebären, dazu gebracht, sich von Katharina scheiden zu lassen. Aber scheinbar gelang es ihr ebenso wenig, den König zufriedenzustellen, wie ihrer Vorgängerin.

Ehe Katharina Helena verließ, drehte sie sich noch einmal um und sagte: „Wacht gut über Euren Sohn. Er ist ein Geschenk und etwas ganz Besonderes."

Helena nickte. Sie musste noch lange über Katharinas Erzählungen von ihrer schweren Jugend nachdenken. Die besten Jahre ihres Lebens verbrachte sie in einem fremden Land ohne die Liebe anderer Menschen. Mit König Heinrich fand sie dann das lang ersehnte Glück und wähnte sich in Sicherheit und dann ließ er sie fallen.

Kapitel 16 – Hampton Court, 1535

Die zwölfte Nacht war ein bedeutendes Ereignis am Hofe. Sie beendete die Weihnachtsfeiertage und Feste und Feiern standen an. Alle, die Rang und Namen hatten, wurden an den Hof eingeladen, um dort mit dem König zu feiern. Es gab Musik und Theater und lustige Rollenspiele, an denen auch der König gerne teilnahm. Es war die Gelegenheit, alles zu erfahren, was gerade vor sich ging, und herauszufinden, welche Gerüchte im Umlauf waren, und neue Gerüchte zu streuen.

Selbstverständlich waren auch die Suttons eingeladen und die Winters. Lady Winters mied den Hof jedoch. Ihr Gemahl konnte sie krankheitsbedingt nicht begleiten und solange sie nicht wusste, was mit ihrer Tochter geschehen war, wollte sie sich nicht in die Schlangengrube begeben.

Sie war jedoch sehr dankbar, dass die Suttons versuchen würden, mehr über den Verbleib von Helena zu erfahren.

Edward war mit seinem Sohn nach Hampton Court gekommen. Auch wenn sie dem König aufgrund der vergangenen Ereignisse nur ungern die Aufwartung machten, sah Edward dennoch eine gute Gelegenheit, mehr Informationen für die Suche nach Helena zu gewinnen.

Es herrschte ein reges Treiben am Hof und es dauerte eine Weile, bis die Suttons an die Reihe kamen, den König zu begrüßen.

William kostete es Mühe, dem König keine Verachtung entgegenzubringen. Nachdem ihm sein Vater die ganze Wahrheit über Helena erzählt hatte, verspürte er nur noch Wut auf den König. Er hatte es Heinrich nicht verziehen, dass er ihm die Verlobte ausgespannt und geschwängert hatte. Mit Helena ins Bett zu gehen, war ihm gegenüber eine arge Respektlosigkeit. Der König nahm sich, was er wollte, und die katholischen Barone zu demütigen, war ihm ein besonderes Anliegen.

„Lord William Sutton“, begann der König. „Es freut mich, Euch hier am Hofe zu sehen. Ich hatte das Vergnügen, Eure Verlobte kennenzulernen. Schade, dass sie nur so kurz am Hof verweilte. Ich habe gehört, sie wäre sehr krank gewesen und sei gestorben. Sie war eine sehr angenehme Gesellschaft für mich.“

Lord Sutton bemerkte, wie sich die Augen der Königin, die neben dem König saß, verengten. Der König war also davon überzeugt, Helena wäre tot.

William ließ ihn in dem Glauben.

„Nun, ich werde eine neue Ehe für Euch arrangieren“, fuhr der König fort. William verneigte und entfernte sich, um seine Abscheu zu verbergen.

Nachdem sein Vater ebenfalls ein paar Worte mit dem König gewechselt hatte, folgte er William in eine ruhige Ecke.

„Ich könnte ihn umbringen, diesen geilen Bock“, zischte William voller Wut.

„Beruhige dich Sohn!“, mahnte Edward. „In diesem Gebäude haben die Wände Ohren. Wenn der

König von deiner Abneigung ihm gegenüber erfährt, findet er einen Vorwand, dich zu töten."

„Er kann es sich sparen, mir eine Ehefrau zu suchen, die er womöglich vorher wieder im Bett ausgetestet hat. Er kann seine Huren behalten!"

„William!", mahnte Edward. „Helena ist keine Hure. Sie wurde vom König ins Bett gezwungen."

„Woher weißt du das, Vater? Kennst du sie so gut?" William schnaubte vor Wut.

„Ich bin felsenfest davon überzeugt, dass Helena nicht wollte, was ihr geschah. Aber mein Ziel ist es, sie zu finden, um die ganze Wahrheit zu erfahren. Die Chance zu einer Rechtfertigung solltest auch du ihr geben!", bat Edward eindringlich.

„Um ehrlich zu sein, ich weiß nicht, ob ich eine Frau haben möchte, die mit dem König im Bett war und ein Kind von ihm empfangen hat. Es gibt auch andere Frauen, die mir gefallen würden. Wir sind den Winters nichts schuldig. Warum vergessen wir die Sache nicht einfach. Der König denkt, Helena wäre tot. Was glaubst du, was passieren würde, wenn er in Erfahrung brächte, dass sie ein Kind von ihm hat? Du weißt, was mit Menschen passiert, die den König belügen."

„Ich habe Helenas Mutter versprochen, dass ich ihre Tochter finde. Ich bin ein Mann der Ehre, und ich stehe zu meinem Wort. Ich verstehe deine Wut, William. Dass du Helena ablehnst, nach allem, was geschehen ist, kann ich dir nicht vorwerfen. Trotzdem bin ich der Meinung, dass sie die richtige Frau für dich ist. Sie ist wie ihre Mutter."

„Ich habe schon mitbekommen, dass du Lady Winters sehr verehrst, Vater. Aber vergiss nicht, dass sie verheiratet ist. Mit ihr ein Verhältnis einzugehen, bedeutet, dass du nicht besser bist als der König.“

„Jetzt gehst du aber zu weit!“, schimpfte Edward. Das Gespräch lief in eine ganz unerfreuliche Richtung. „Du urteilst nicht richtig, weder in Bezug auf mich noch in Bezug auf Helena oder ihre Mutter!“

William wollte seinen Vater nicht kränken. Es war seine Wut auf den König, die ihn dazu trieb.

„Es tut mir leid“, entschuldigte er sich. „Du bist mir immer ein guter Vater gewesen und hast mich die richtigen Werte gelehrt. Suche Helena, wenn es für dich wichtig ist, aber verzeih mir, wenn ich dich bitte, es nicht meinetwillen zu tun. Ich sehe für diese Frau und mich keine Zukunft.“

Lord Whitmore näherte sich. Er war ein alter Freund von Edward, den er schon länger nicht mehr gesehen hatte.

„Edward, mein Freund“, begann er. „Bist du auch so ungern am Hofe wie ich? Vor ein paar Wochen waren Abgeordnete des Königs bei mir und legten mit nahe, den Suprematseid zu unterzeichnen. Als ich mir Bedenkzeit nehmen wollte, drohte man meiner Familie und mir. Der König fordert unbedingte Loyalität. Wer die Akte nicht unterzeichnet, muss mit seiner Hinrichtung rechnen. Was sagst du dazu, Edward? Hast du schon unterzeichnet?“

Edward schüttelte den Kopf.

„Nein, noch war niemand deswegen bei uns. Ich

fürchte aber, es wird nicht mehr lange dauern, bis auch ich vom König aufgefordert werde, ihn als Oberhaupt der Kirche anzuerkennen. Es ist erschreckend, welche Macht es dem König verleihen wird. Er hätte völlig freie Hand und könnte machen, was er wollte. Sogar die Scheidung mit Katharina würde ihre Rechtsgültigkeit erhalten."

„Wir haben Königin Katharina gedient, als sie Heinrich im Kampf gegen die Schotten vertrat, weil er im Ausland verweilte. Sie hat wesentlich mehr Würde als der König. Es war mir eine Ehre, ihr damals beizustehen. Auch wenn sie nur eine Frau war, so hat sie ihre Aufgabe mit Bravour bewältigt. Sie ist aus einem anderen Holz geschnitzt als Königin Anne, diese machtgierige Hure!", gab Lord Whitmore zornig von sich.

Edward nickte. Auch er hatte Katharina gerne gedient. Als Heinrich in den Krieg mit Frankreich zog, erklärte er Katharina zur vorübergehenden Regentin. Die Schotten, die mit Frankreich verbündet waren, erklärten England den Krieg und Katharina musste eine Armee nach Schottland schicken. Edward und Lord Whitmore waren bei der entscheidenden Schlacht von Flodden Field dabei. Der schottische König fiel. Es war für England und damit für Katharina ein sensationeller Sieg.

„Wirst du die Suprematsakte unterzeichnen?", bohrte Lord Whitmore nach.

„Ich weiß es nicht. Ich werde wohl die ehemalige Königin auf Schloss Kimbolton besuchen und um Rat fragen."

Edward wollte unbedingt die Meinung von Katharina hören, bevor er handelte. Die Unterzeichnung der Suprematsakte würde folgenschwere Konsequenzen für England haben. Es war eine Lossagung vom Papst und zukünftig auch vom Katholizismus.

Kapitel 17 – Schloss Kimbolton, Frühjahr 1535

Dass die Spione des Königs bei Katharina ein- und ausgingen, war Helena schon gewohnt. Sie versuchte Besuchern von Schloss Kimbolton aus dem Weg zu gehen und ihren Sohn vor ihnen zu verstecken.

Meistens gelang es ihr, unbemerkt zu bleiben.

In letzter Zeit kamen aber immer häufiger Abgeordnete des Königs zu Katharina. Nachdem man im November des Vorjahres die Suprematsakte erlassen hatte, versuchte man, die ehemalige Königin von der Rechtsgültigkeit der Scheidung von König Heinrich zu überzeugen. Katharina weigerte sich jedoch, die Scheidung anzuerkennen, denn für sie blieb der Papst das Oberhaupt der Kirche und dieser hatte der Scheidung nie eingewilligt. Ihre Weigerung machte den König zornig, aber er wagte es nicht, mit Gewalt gegen Katharina vorzugehen, denn sie war die Tante von Kaiser Karl V und Heinrich konnte sich einen Krieg mit Karl nicht leisten.

Da er wenig gegen sie ausrichten konnte, versuchte er, sie emotional zu erpressen. Er verbot Katharina weiterhin jeglichen Kontakt zu ihrer Tochter Mary.

Katharina war in Sorge, dass man auch versuchen würde, Mary zur Unterzeichnung der Suprematsakte zu zwingen. Andernfalls würde sie wohl das Anrecht auf die Krone verlieren, falls der König keine Söhne zeugen konnte. Durch ihre heimlichen Kontakte zu ihrem Neffen, den Kaiser, versuchte Katharina die

Stellung ihrer Tochter zu festigen. Kaiser Karl versprach Unterstützung, aber es war absehbar, dass er ihretwegen keinen Krieg mit Heinrich beginnen würde.

Es war ein warmer Märztag 1535, als erneut Abgeordnete auf Schloss Kimbolton eintrafen, um mit der Königin zu sprechen. Helena war zu dem Brunnen vor dem Schloss gegangen, um ihr Kleid zur reinigen, das verschmutzt war. Sie setzte William kurz auf den Boden, als dieser heftig zu schreien begann. Das lenkte die Aufmerksamkeit der Abgeordneten auf sie, die gerade durch das Schlosstor gekommen waren. Einer der Abgeordneten musterte sie auffällig lange.

Ihr kam sein Gesicht bekannt vor und sie erschrak, denn sie befürchtete, dass er sie erkannt hatte.

Als die Abgeordneten wieder fort waren, stand sie zitternd in der Eingangshalle und versuchte einen klaren Gedanken zu fassen. Sie wusste nicht, was sie tun sollte.

Katharina bemerkte, wie durcheinander Helena war. Sie ging auf sie zu und legte ihr die Hände auf die Schultern.

„Was ist mit Euch, mein Kind? Haben Euch die Abgeordneten eingeschüchtert?“

Helena nickte.

„Sie können noch so oft kommen, wir werden ihren Aufforderungen nicht nachkommen. Macht

Euch keine Sorgen. Ihr seid nicht in Gefahr. Sie wollen nur mich beeinflussen.“

Helena blickte Katharina in die Augen.

„Ich fürchte, sie wollen auch mich“, stotterte Helena.

„Warum?“

Helena zögerte.

„Ich muss Euch jetzt die Wahrheit sagen“, begann Helena. „Mein geliebter Sohn ist nicht das Kind eines bedeutungslosen Mannes. Es ist das Kind des Königs.“ Helena senkte verlegen den Kopf, ehe sie fortfuhr: „Als ich Hofdame bei Königin Anne war, zwang mich der König in sein Bett. Ich konnte nicht ablehnen. Ich wurde schwanger, nur kurze Zeit nach der Königin. Sie wollte unbedingt einen Sohn und als sie ihren verlor, streckte sie ihre Arme nach meinem aus. Ich konnte fliehen, aber sie trachtet noch immer nach dem Leben meines Kindes, denn der König soll nie erfahren, dass er einen Sohn mit einer anderen Frau gezeugt hatte, nachdem die Königin versagt hatte, einen zu gebären. Ich schäme mich vor Euch. Denkt nicht, dass ich gerne mit dem König das Bett geteilt habe. Ich weiß, das klingt unglaubwürdig, aber es ist so. Ich war verlobt und blickte einer hoffnungsvollen Zukunft entgegen. Der König hat diese zerstört. Ich habe alles verloren. Ich glaube, dass einer der Abgeordneten mich erkannt hat und ich fürchte, er wird der Königin meinen Aufenthaltsort verraten. Verzeiht mir bitte, Ihr wart meine einzige Hoffnung.“

Helena kniete sich vor Katharina nieder und

brach in Tränen aus.

Katharina zog sie hoch.

„Ich habe mir schon gedacht, dass ein wichtiger Mann der Vater des Jungen ist. Ich habe am Hof noch Verbündete und habe sie nachforschen lassen. Ich erfuhr von einer Hofdame, die plötzlich den Hof verlassen hatte, nachdem sie vorgab krank zu sein. Sie hätte wohl das Bett mit dem König geteilt, wurde mir gesagt. Am Hof glaubt man, dass Ihr tot seid."

Helena starrte Katharina an. „Warum habt Ihr mich nie darauf angesprochen? Warum habt Ihr mich in Eurem Schloss geduldet?", fragte sie überrascht.

„Weil ich die Machenschaften der Menschen am Hof kenne."

„Was soll ich jetzt machen?", fragte Helena besorgt.

„Wenn Ihr glaubt, erkannt worden zu sein, könnt Ihr nicht bleiben. Es dauert eine Weile, bis die Abgeordneten wieder bei Hofe sind und der Königin Bericht erstatten können. Bis dahin wird mir eine Lösung für Euch einfallen."

„Danke", sagte Helena demütig. „Ihr seid eine gütige Frau." Sie war dankbar, dass ihr Katharina so viel Verständnis entgegenbrachte. Hass schien dieser Frau ein Fremdwort zu sein. Helena hatte noch nie ein schlechtes Wort über den König aus Katharinas Mund gehört. Sie musste ihn sehr geliebt haben, um ihn alles zu verzeihen, was er ihr antat. Helena bewunderte Katharina um ihre innere Stärke.

„Ich kann für mich selbst nichts mehr tun, aber

ich kann dem Rest meines Lebens zumindest noch einen Sinn verleihen, indem ich anderen helfe“, sagte Katharina.

Kapitel 18 – Hampton Court

„Anne, ich mach mir Sorgen um dich“, sagte George zu seiner Schwester.

Sie hatte ihre einstmalige Anmut und Schönheit gegen einen harten und sorgenvollen Gesichtsausdruck eingetauscht.

Sie tat alles, um die Liebe des Königs zurückzugewinnen, doch die Verbissenheit ihres Handelns stahl ihre Natürlichkeit.

Der Druck, der auf ihr lastete, wurde immer größer und es entging ihr nicht, dass der König seine Augen auf andere Damen gerichtet hatte. Nachdem es ihm gelungen war, sich von Katharina scheiden zu lassen, würde er auch im Stande sein, sich von Anne scheiden zu lassen. Die Gedanken daran ließen sie keine Nacht mehr ruhig schlafen.

„Ich versuche schwanger zu werden, aber es ist schwierig. Heinrich möchte nicht mehr jede Nacht mit mir sein Lager teilen.“

George hatte das schon mitbekommen. Seine Stellung am Hof war in großer Gefahr.

„Ich würde dir gerne helfen, aber ich weiß nicht wie.“

„Du musst den König im Auge behalten und mir von allen Damen berichten, auf die er seine Augen richtet. Sorge dafür, dass ihm keine zu nahe kommt!“

„Es ist keine große Sache, eine kleine Hure beseitigen zu lassen, aber die Damen, denen sich der König jetzt zuwendet, stammen aus anderen Kreisen.

Sie werden von ihren Angehörigen beobachtet und beschützt. Ich kann wenig gegen sie ausrichten. Anne, es gibt etwas, das ich dir sagen muss. Vor kurzem war ein Freund bei Katharina auf Schloss Kimbolton. Er war dort als Abgeordneter, um wieder einmal über den Suprematseid zu reden. Im Garten vor dem Schloss sah er eine junge Frau mit einem Kind – einem Jungen. Er meint, dass es sich um Lady Winters handeln kann."

Anne begann zu taumeln und musste sich setzen. „Was sagst du da!", schrie sie. „Wie kann das sein? Lady Winters ist bei meiner größten Feindin untergetaucht? Weiß der König davon?"

„Beruhige dich Anne", beschwichtigte George. „Vielleicht hat mein Freund sich auch getäuscht. So gut kannte er Lady Winters nicht. Aber auf jeden Fall ist es ein Hinweis, dem wir nachgehen sollten."

„Du musst sofort nach Schloss Kimbolton aufbrechen! Stöbere die Frau auf und sorge dafür, dass sie und ihr Kind verschwinden. Keiner der beiden darf überleben", befahl die Königin.

„Wie stellst du dir das vor, Schwester? Ich kann doch nicht einfach auf Schloss Kimbolton auftauchen. Ich brauche einen Vorwand."

„Ich werde einen Brief im Namen von Mary – Katharinas Tochter – aufsetzen lassen. Sie soll ihre Mutter darin bitten, die Suprematsakte zu unterzeichnen. Mit einem Schreiben von Mary kannst du Schloss Kimbolton betreten. Sieh dich um und entferne diese widerwärtige Hure Lady Winters von dort! Falls es dir auch noch gelingen sollte, durch den Brief Katharina dazu zu bewegen, die Akte zu unterzeichnen, stehen wir in der Gunst des Königs wieder ganz oben."

„Wenn es auffliegt, dass ich einen gefälschten Brief zu Katharina bringe und das auch noch ohne Wissen des Königs, bin ich meinen Kopf ganz schnell los", protestierte George.

„Ach was! Wer soll Katharina schon Glauben schenken! Ich werde einfach behaupten, sie zettelt eine Intrige gegen mich an. Mach dir keine Sorgen, da fällt mir schon etwas ein."

„Also gut", sagte George. „Dann setze ein Schreiben auf. Ich breche auf, sobald es fertig ist."

Kapitel 19 – Schloss Kimbolton

Die wärmenden Sonnenstrahlen des Frühlings versuchten Edward davon abzulenken, zu welch düsterem Ort er unterwegs war.

Er konnte sich vom jetzigen Leben der ehemaligen Königin ein gutes Bild machen.

Sie war ein Dorn im Auge der neuen Königin, war beim König in Ungnade gefallen, weil sie die Scheidung nicht akzeptieren wollte, und war von ihrer geliebten Tochter getrennt.

Wahrscheinlich war für Katharina alles erträglicher als die Trennung von Mary. Sie war nun einmal ihr einzig lebendes Kind.

Wie konnte König Heinrich nur so grausam mit Menschen umgehen, die er einmal geliebt hatte?

Edward wurde ohne Schwierigkeiten zu Katharina durchgelassen. Er freute sich darauf, dieser starken Frau seine Aufwartung machen zu können.

Als er sie sah, erschrak er. Sie war gealtert und ihre Haut wirkte aschfahl. Der Glanz in ihren Augen schien verloren zu sein. Das Geschehene hatte sie verändert, es hatte seinen Tribut gefordert.

„Lord Sutton", begrüßte Katharina ihren ehemaligen Verbündeten. „Ich freue mich sehr, Euch zu sehen. Was führt Euch aus dem Norden zu mir? Ich hoffe, Ihr seid nicht gekommen, um mich davon zu überzeugen, die Suprematsakte zu unterzeichnen?" Sie zwinkerte dabei, denn sie wusste, dass Lord Sutton ihr Freund und Verbündeter war.

Edward schüttelte den Kopf. „Ich komme wegen

der Suprematsakte, aber nicht, um Euch zur Unterschrift zu bewegen. Ich möchte Euch vielmehr um Eure Meinung fragen, wie wir diesbezüglich vorgehen sollen. Die meisten Barone dieses Landes wurden schon zur Unterzeichnung aufgefordert und dazu gezwungen. Es wird nicht mehr lange dauern, bis auch die Barone des Nordens dazu aufgefordert werden. Der Norden ist katholischer als der Rest des Landes und eine Lossagung von Rom kommt einem Verrat an unserem Herzen gleich. Gibt es keine Hoffnung, vom Ausland eine Rückenstärkung zu bekommen? Was sollen wir machen?“

„Ich fürchte, es wird uns niemand helfen. Ich habe die Hoffnung aufgegeben, dass meine Verwandtschaft aus dem Ausland hier eingreifen wird. Ihr wisst, dass Heinrich ein gefährlicher Mann sein kann. Er ist sehr berechnend. Wer die Akte nicht unterzeichnet, ist illoyal und Heinrich hasst Illoyalität. Ihr kennt Thomas Morus, Heinrich einstmals besten Freund und Lordkanzler. Man sagt, er weigere sich, das Dokument zu unterzeichnen, und sei in Ungnade gefallen. Der König plant, ihn hinrichten zu lassen. Könnt Ihr Euch das vorstellen? Wenn er es schafft, diesen Mann zu töten, dann schafft er es, uns alle zu töten. Ich habe keine Angst vor dem Tod, aber Ihr habt noch Verpflichtungen. Wenn Ihr leben wollt, dann müsst Ihr Euer Herz verraten und unterschreiben.“

„Wenn wir zustimmen, dann ebnen wir den Weg für die Reformation, die sich immer weiter in Europa ausbreitet. Dann wird bald Luther lehren und die heiligen Messen werden verboten“, entgegnete Edward.

„Das befürchte ich auch. Das Land steht vor einem Umbruch. Die Suprematsakte verleiht Heinrich als Oberhaupt des Landes und Kirche uneingeschränkte Macht.“

„England wird sich verändern“, meinte Edward.

„Die ganze Welt verändert sich ständig. Wir können uns nur unserem Schicksal beugen“, antwortete Katharina.

„Wie geht es Eurer Familie?“, wollte Katharina wissen. „Ich habe gehört, Euer Sohn hätte sich verlobt. Wann findet die Hochzeit statt?“

Edward zögerte zu antworten. „Die Verlobung wurde aufgelöst“, sagte er schließlich.

„Ich sehe, dass Euch das bedrückt. Was waren die Gründe?“

„Williams Verlobte wurde von einem anderen Mann geschwängert.“ Edward wollte Katharina nicht erzählen, dass der andere Mann der König war. Das fand er zu beschämend.

„Hatte sie eine freiwillige Affäre?“

„Sie war zuletzt bei Hofe. Ich glaube nicht, dass sie freiwillig einer außerehelichen Verbindung zugestimmt hat. Aber genau das versuche ich herauszufinden. Ihre Mutter und ich suchen nach ihr. Wir wissen nicht, wo sie sich aufhält.“

„Sie ist fortgelaufen?“

„Sie ist geflohen.“

„Vor dem Vater ihres Kindes?“, bohrte Katharina

nach.

„Ich kann Euch nicht alles erzählen“, entschuldigte sich Edward.

„Schon gut. Jeder darf seine Geheimnisse haben. Wann ist sie denn verschwunden?“

„Das war letztes Jahr. Sie dürfte ihr Kind schon vor längerer Zeit bekommen haben. Wir machen uns große Sorgen um sie. Sie ist wahrscheinlich alleine und völlig auf sich gestellt. Sie hat Angst.“

„Vielleicht kann ich Euch weiterhelfen. Ich glaube, ich weiß wo das Mädchen sich aufhält.“

Edward sah Katharina überrascht an.

„Im letzten Jahr kam eine Frau hochschwanger zu mir und bat um Unterkunft. Sie verriet mir damals nicht ihre wahre Identität. Sie hat im Herbst einen Jungen zur Welt gebracht. Ich wusste nicht, dass sie die Verlobte Eures Sohnes war.“

Edward sprang auf. „Ihr meint, Helena war bei Euch? Wo ist sie jetzt?“

„Helena, jetzt kenne ich endlich ihren wahren Namen, ist noch immer bei mir. Ich lasse nach ihr schicken.“

Es dauerte nicht lange, bis Helena zu Edwards großen Überraschung den Raum betrat.

Edward bemerkte an ihrem Erröten, dass sie ihn erkannte. Er war sehr erleichtert, dass er sie gefunden hatte.

„Ich glaube, dass es an der Zeit ist, sich einmal auszusprechen“, meinte Katharina. Helena erzählte den beiden alles, was geschehen war. Edward bemerkte, dass es ihr nicht leichtfiel. Die Worte schienen alte Wunden neu aufzubrechen.

„Eure Mutter macht sich große Sorgen um Euch“, ließ Edward Helena wissen.

„Ich hielt es für besser, sie über meinen Aufenthaltsort in Unkenntnis zu lassen. Ich wollte meine Eltern nicht in Gefahr bringen. Es wäre wunderbar, wenn Ihr meiner Mutter die Nachricht übermitteln könntet, dass ich in Sicherheit bin“, bat Helena.

„Ich fürchte, das stimmt nicht mehr“, warf Katharina ein. „Helena glaubt, dass ihr Schwindel aufgeflogen ist. Der König schickt immer wieder Leute vorbei. Ein Mann hat Helena wahrscheinlich erkannt. Sie kann nicht länger hierbleiben. Lord Sutton, habt Ihr eine Idee, wo wir Helena verstecken könnten? Wie wäre es, wenn sie mit Euch ginge? Niemand würde sie bei Euch vermuten. Außer Euch kennt Helena niemand. Ihr könntet sie als Magd ausgeben, hier nennen wir sie Margret. Niemand hier kennt ihre wahre Identität außer ich.“

Helena sah Katharina entgeistert an. Es schien ihr absurd, dass sie als Magd getarnt in das Haus ihres ehemals Verlobten ziehen sollte. Sie rechnete mit einer Ablehnung durch Edward. Dieser meinte aber: „Das ist keine schlechte Idee. Wichtig ist, dass Helena in Sicherheit ist. Bei uns im Norden wird sie niemand suchen. Pack deine Sachen, Helena. Ich nehme dich mit.“

Katharina erhob sich und schritt auf Helena zu. Sie nahm ihre Hände und sagte: „Geht mit ihm, auch wenn es für Euch hart wird neben einem Mann zu leben, der niemals Eurer sein wird. Denkt an Euren Sohn. Ihr werdet bei den Suttons in Sicherheit sein. Euer Leben wird nicht so verlaufen, wie Ihr es Euch vorgestellt habt, aber wer hat schon das Privileg, so zu leben, wie er möchte. Wir sind Frauen und wir müssen uns den widrigsten Umständen anpassen. Ihr werdet lernen, damit klar zu kommen."

Helena verstand, dass sie wieder einmal keine Wahl hatte. Es fiel ihr schwer, Katharina zu verlassen. Es würde wohl kein Wiedersehen mehr geben.

„Habt Dank für alles, was Ihr für mich und meinen Sohn getan habt und für das Verständnis mir gegenüber, das keinesfalls selbstverständlich war", bedankte sich Helena, und Tränen stiegen ihr in die Augen.

Es war ihr eine Ehre gewesen, Katharina kennenzulernen.

Kapitel 20 – Northumberland

Es regnete in Strömen, als sich Helena mit ihrem Sohn und Edward Sutton ihrem neuen Zuhause näherte. Helena wertete das als ein schlechtes Vorzeichen.

Lord Sutton hatte sich klar mit ihr abgesprochen. Sie musste auch hier ihre wahre Identität verleugnen und sich als Magd ausgeben. Das würde aber auch bedeuten, dass sie sich so verhalten und an der Hausarbeit beteiligen musste. Es galt zu verhindern, dass die Bediensteten Verdacht schöpften. Man konnte sich nicht auf ihre Loyalität verlassen.

Es war Helena nicht zu minder, etwas zu tun, was anstrengend war. Es war nur deswegen so schwer zu akzeptieren, weil sie es anders hätte haben können. Sie würde in Zukunft unter dem gleichen Dach mit einem Mann wohnen, den sie eigentlich heiraten hätte sollen. Niemals würde er erfahren, wer sie wirklich war, und nie würde sie die Gelegenheit haben, ihm alles zu erklären.

„Solange die Königin nach deinem Leben trachtet, sollte niemand außer uns beiden wissen, wer du bist. Nicht einmal mein Sohn. Er ist wütend auf den König und, so leid es mir tut, auch auf dich. Auch wenn ich überzeugt bin, dass er dich niemals verraten würde, so halte ich es dennoch nicht für sinnvoll, ihm die Wahrheit zu sagen. Eine Hochzeit mit ihm ist in Anbetracht des Umstandes, dass die Königin dich ermorden lassen möchte, undenkbar. Versuche dich damit abzufinden, dass dein Leben eine andere

Wende genommen hat, und lerne es zu akzeptieren!“, mahnte Edward Helena. Seine Worte waren eindeutig.

Helena betrachtete das Anwesen der Suttons, als sie aus der Kutsche stieg. Es schien sehr weitläufig zu sein. Die Gebäude wirkten durch ihre grauen Mauern nicht sehr einladend. Als sie jedoch in die große Empfangshalle geführt wurde, sah sie schöne Malereien und Wandbehänge. Es wurden helle Farben für die Stoffe der Möbel gewählt. Zu Helenas großen Überraschung gab es ein schön bemaltes Deckengewölbe. Im Vergleich zur bescheidenen Einrichtung von Schloss Kimbolton war dieses Haus ein wahres Prunkstück.

William begrüßte seinen Vater herzlich. Helena, die mit ihrem Sohn im Arm etwas abseits stand, nahm er zunächst nicht zur Kenntnis.

„Lady Katharina hat mich gebeten, eine ihrer Mägde mit ihrem Sohn bei uns aufzunehmen. Sie heißt Margret“, stellte Edward Helena vor.

William warf einen kurzen Blick auf sie, nickte und wandte sich dann wieder seinem Vater zu.

Helena fühlte einen Stich in ihrem Herzen. Sie war enttäuscht und fühlte sich verletzt. Der Mann, der sie mit Rosen hätte begrüßen sollen, schenkte ihr keine Beachtung. Wie auch? Er glaubte, sie wäre nur eine Bedienstete.

Helena wurde vom Hausverwalter in die Obhut genommen. Sie kam in ein Einzelzimmer, weil sie nachts noch ihren Sohn stillen musste, und man nicht wollte, dass sie dadurch die anderen Bediensteten weckte.

Das Dienstpersonal begegnete Helena zwiespältig. Manche freuten sich über die junge Frau und ihren Sohn, der frisches Leben in die Gemäuer brachte. Andere fürchteten, dass die Neue wegen dem Kind nicht genug arbeiten würde.

Edward Sutton schenkte Helena wenig Aufmerksamkeit, damit niemand misstrauisch wurde. Sein Sohn William ignorierte sie vollständig.

Helena fehlte ihre Mutter und Liebe. Es gab niemanden, mit dem sie offen reden konnte, niemand, der sie aufmunterte, und niemand, der sie tröstete. Der einzige Lichtblick war ihr Sohn. Wenn er lächelte, durchflutete sie eine wunderbare Wärme.

„Eines Tages“, sagte sie zu William, als er in der Wiege schlief, „werden wir ein besseres Leben haben.“

Kapitel 21 – Schloss Kimbolton

Katharina war beruhigt Helena in Lord Suttons Obhut zu wissen. Er würde gut für sie sorgen, und vielleicht gab es irgendwann für sie eine gute Wende. Die junge Frau hatte Abwechslung nach Schloss Kimbolton gebracht. Nun herrschte wieder der triste Alltag, aus dem es kein Entkommen gab. Sie durfte das Schlossareal nicht verlassen. Man hatte ihr die Freiheit genommen. Ihre Korrespondenz wurde überwacht und jeder Besucher dem König gemeldet.
Katharina war noch ganz in Gedanken, als es an der Tür klopfte. Der Hausverwalter trat ein und meldete Besuch.

„Lady Katharina, der Bruder der Königin möchte Euch sprechen."

Katharina war verwundert. Ihn hätte sie hier nicht erwartet. „Lasst ihn eintreten."

Es ärgerte Katharina, dass George Boleyn sich nicht vor ihr verbeugte. Er verhielt sich genauso respektlos wie seine Schwester.

„Was wollt Ihr?", fragte Katharina.

„Ich bringe Euch einen Brief von Eurer Tochter."

Katharina nahm das Schreiben an sich. Sie brach das Siegel und begann zu lesen. Mary forderte sie darin auf, die Suprematsakte zu unterzeichnen.

„Dieses Schreiben ist nicht von Mary. Sie würde niemals so dreist sein, mir so etwas zu schreiben. Ihr habt es gefälscht! Ich gehe davon aus, dass Eure Schwester Euch schickt. Fürchtet sie mich immer noch? Das wundert mich nicht. Schließlich hat sie es auch nicht geschafft, den begehrten Thronerben zu gebären."

Katharina bemerkte wie George seine Muskeln anspannte. Ihre Worte verärgerten ihn.

„Der König liebt meine Schwester, ob Ihr es nun wahrhaben wollt oder nicht. Sie ist im Gegensatz zu Euch noch jung und frisch. Sie kann noch viele Male schwanger werden. Schadenfreude steht Euch nicht, sie macht Euch alt."

Als Königin hätte sich Katharina diese Frechheit nicht gefallen lassen, aber hier war sie dieser Respektlosigkeit machtlos gegenüber.

„Ihr seid ein Nichts", warf sie George vor. „Ihr seid nur ein Emporkömmling. Ihr habt nichts geleistet, um Euer Amt zu verdienen. Alles was ihr besitzt, verdankt Ihr Eurer Schwester. Aber seid Euch Eurer Position nicht zu sicher. Der König lässt die Menschen schnell fallen, die ihm nicht mehr von Nutzen sind. Und glaubt mir, ich habe schon viele fallen sehen."

„Ich habe erfahren, dass Ihr ohne die Erlaubnis des Königs eine Frau mit einem Kind beherbergt. Der König muss über alle Leute in Kenntnis gesetzt werden, die hier arbeiten und wohnen."

Katharina durchschaute George Boleyn. Der Brief von Mary war nur ein Vorwand, um Informationen über Helena zu bekommen.

„Es stimmt. Ich hatte eine Frau hier aufgenommen. Macht mir nichts vor. Ihr kennt ihre Identität noch besser als ich. Schließlich habt Ihr sie mit Eurem teuflischen Plan in die Flucht getrieben. Ich sage Euch noch etwas. Sie hat einen kerngesunden Jungen zur Welt gebracht. Ein Prachtstück, wenn Ihr es genau wissen wollt. Sie hat geschafft, was Eurer Schwester misslang. Was würde der König dazu sagen, wenn er wüsste, dass er Vater eines Sohnes wurde? Euch wäre bestimmt jedes Mittel recht, um zu verhindern, dass er je davon erfährt."

Georges Augen hatten sich verengt und seine Fäuste waren geballt, doch Katharina wusste, dass er es nicht wagen würde, sie körperlich anzugreifen.

„Viele Frauen behaupten, dass sie ein Kind vom König haben. Er würde diese Geschichte nicht glauben."

„Seid Euch da nicht so sicher. Der König ist nicht dumm. Er weiß sehr wohl, mit wem er sein Bett geteilt hat. Er würde es begrüßen, beweisen zu können, dass er einen Sohn zeugen kann."

„Dann lassen wir es darauf ankommen. Ich nehme die Frau und das Kind mit nach London und führe es dem König vor."

Katharina lachte auf. „Ihr haltet mich wirklich für dumm? Ich weiß, dass Ihr sie ermorden wollt. Das werde ich zu verhindern wissen. Seid auf der Hut! Außerdem befindet sich die Frau nicht mehr auf dem Anwesen. Sie hat es verlassen und wird nicht wieder zurückkehren. Ich warne Euch. Wenn Ihr sie verfolgt, werde ich dem König die Wahrheit über Euren Plan mitteilen. Ob er Eure Schwester dann noch anziehend findet, wage ich zu bezweifeln."

George schnaubte verächtlich. „Er wird Euch keinen Glauben schenken!“

„Er weiß, dass ich ihn nie belogen habe. Kann das Eure Schwester auch behaupten?“

„Ihr werdet Schloss Kimbolton niemals mehr verlassen und genauso wenig werdet Ihr jemals Eure Tochter wiedersehen. Meine Schwester wird dafür sorgen.“ George verließ wutentbrannt Katharinas Gemächer. Sie blieb zitternd zurück und rang um Fassung. George würde über den Portier erfahren, dass Helena in Lord Suttons Kutsche gestiegen war. Aber George würde es nicht wagen, ohne Vorwand in den Norden zu fahren. Dennoch hielt es Katharina für besser, Edward Sutton eine Warnung zukommen zu lassen. Sie begab sich in ihre Kapelle, um für ihre Tochter Mary und Helena zu beten. Sie vertraute auf Gottes Macht und hoffte auf Gerechtigkeit.

Kapitel 22 - Northumberland

Das Haus der Suttons hatte eine große Bibliothek mit mehreren wertvollen Sammlungen. Die Bücher waren ordentlich gereiht, aber man konnte am Staub erkennen, dass sie lange niemand mehr in die Hand genommen hatte. Die Bibliothek war mit einem großen Eichentisch ausgestattet. An der Anzahl der Stühle ließ sich erahnen, dass Lord Sutton hier Besprechungen abhielt. Im Raum befand sich außerdem ein großer offener Kamin, der wohl an kalten Tagen ausreichend Wärme spendete.

Helena war gerade dabei, ein Buch vom Regal zu nehmen, als William Sutton den Raum betrat.

„Was machst du da?“, schrie er. „Willst du das Buch stehlen? Was fällt dir ein! Diese Bücher sind sehr wertvoll. Glaubst du, dass es nicht auffällt, wenn eines fehlt?“

Helena zitterten die Knie. Mit diesem verbalen Angriff hatte sie nicht gerechnet.

„Euer Vater hat mir erlaubt, ein Buch zu leihen“, antwortete sie und versuchte das Zittern in ihrer Stimme zu verbergen.

„Jetzt lügst du auch noch!“, schrie William.

„Nein!“, schrie Helena zurück. „Fragt doch Euren Vater!“

Helena war den Tränen nahe. Edward Sutton hatte ihr tatsächlich erlaubt, Bücher aus der Bibliothek zu entnehmen.

William lachte spöttisch. „Was will eine Magd mit einem Buch? Willst du etwa behaupten, dass du lesen kannst?“

„Ja, ich kann lesen, und zwar sehr gut.“

William schritt auf Helena zu, nahm ein Buch aus dem Regal und hielt es ihr hin.

„Dann lies mir doch mal was vor!“, forderte er sie auf.

Helenas Hände zitterten, als sie das Buch öffnete. Dann begann sie zu lesen, und zwar so fließend, dass ihr Williams Staunen nicht entging.

„Gut, dann kannst du eben lesen, aber das rechtfertigt noch lange nicht, dir einfach ein Buch zu nehmen.“

Helena konnte nicht mehr verhindern, dass ihr Tränen über die Wangen liefen.

„Ich sagte doch, dass es mir Euer Vater erlaubt hat!“

Noch ehe William etwas sagen konnte, trat Edward ein und es war ihm anzusehen, dass es ihm nicht behagte, Helena weinen zu sehen.

„Was geht hier vor?“, fragte er.

„Deine neue Magd wollte ein Buch stehlen“, antwortete William.

„Das stimmt nicht!“, schrie Helena, nun völlig aufgebracht. „Euer Sohn ist so arrogant zu glauben, dass eine Magd nicht lesen kann. Ich habe ihm gesagt, Ihr hättet mir erlaubt, ein Buch zu leihen!“

„Arrogant!“, schrie William. „Was fällt dir ein, so mit mir zu reden!“

„Jetzt reicht es!“, mischte sich nun Edward ein.

„Ich habe dieser Magd erlaubt, dass sie ein Buch

entnehmen darf. Wenn eine Magd schon einmal lesen kann, dann sollte man dies auch fördern. Es kann für uns nur von Nutzen sein, wenn wir gut ausgebildete Bedienstete haben."

Helena blickte William trotzig an. Doch statt einer Entschuldigung sagte er nur: „Das sollte aber nicht dazu beitragen, dass unsere Bediensteten die guten Manieren verlieren."

„Sie wird sich entschuldigen, dass sie dich als arrogant bezeichnet hat, und dann will ich nichts mehr hören!", verlangte Edward.

Er blickte Helena an, die verstand, was er von ihr erwartete.

„Es tut mir leid", sagte sie schließlich, machte kehrt und verließ ohne Buch den Raum.

Kapitel 23

Helena fand den Umstand unerträglich, noch weiter mit William Sutton unter einem Dach zu wohnen. Niemals würde er ihr den Respekt entgegenbringen, den sie verdient hatte. Helena mochte sich gar nicht ausmalen, wie sie sich fühlen würde, wenn William eine andere Frau heiratete. Dann müsste sie dieser womöglich noch dienen.

Es durfte nie so weit kommen. Helena war verletzt genug. Es war ein großzügiges Angebot von Edward Sutton, ihr Unterschlupf zu geben. Aber sie fühlte sich fremd und völlig fehl am Platz. Sie sah keine Zukunft bei den Suttons. Es war an der Zeit, sie zu verlassen, ehe sich die Situation noch unangenehmer zuspitzen würde.

Helena wollte fort, doch ihr war bewusst, dass Edward Sutton sie sicher nicht gehen ließe. Also gab es nur die Möglichkeit zu fliehen.

Sie beschloss nach Schloss Kimbolton zurückzukehren. Katharina hatte Verwandtschaft im Ausland. Sie würde Helena bestimmt helfen, irgendwo Unterschlupf zu finden. Es wäre wahrscheinlich für alle das Beste, wenn sie sich mit ihrem Sohn ins Ausland absetzen würde. Zumindest solange sie in England in Gefahr waren.

Helena hatte kaum noch Geld. Sie musste unterwegs einen Weg finden, an finanzielle Mittel zu kommen. Ihr würde schon etwas einfallen.

Glücklicherweise kamen fast täglich fahrende Händler auf das Anwesen. Auch an diesem Tag gab es ein paar. Helena packte für sich und William das Nötigste zusammen und schlich sich mit ihm ein wenig vom Grundstück fort. Sie wollte etwas weiter an einer Weggabelung einem fahrenden Händler auflauern und ihn bitten, sie mitzunehmen. Allerdings durfte sie niemand dabei erwischen. Dass Helena ein wenig mit ihrem Sohn im Freien spazierte, war nichts Besonderes. Dieses Mal begab sie sich weiter fort vom Grundstück, doch in der gewöhnlichen Hektik des Treibens fiel es niemandem auf.

Helena gelang es, einen Händler aufzuhalten. Er war gewillt, sie auch ohne Bezahlung bis zur nächsten Stadt mitzunehmen. Als sie den Fuhrwagen bestieg, wusste sie, dass es jetzt kein Zurück mehr gab. Jetzt musste sie dieses Abenteuer durchziehen. Sie zitterte bei dem Gedanken, wie es nun weitergehen würde. Doch jetzt galt es erst einmal bis Schloss Kimbolton zu kommen.

Mit einem kleinen Kind würde die Reise wohl zwei Wochen dauern. Wenn sie sich zwischendurch die Fahrgelegenheiten erarbeiten müsste, wohl etwas länger. Aber Helena nahm die Herausforderung an. Würde sie es schaffen, nach Schloss Kimbolton zu kommen, wäre es auch möglich, ins Ausland zu fliehen.

„Einen guten Anschluss an eine Personentransportkutsche werdet Ihr wahrscheinlich erst in York finden“, meinte der Händler.

Bis York würde sie mindestens fünf Tage brauchen. Aber wie sollte sie dort hinkommen?

„Wie weit geht Eure Fahrt?“, fragte sie.

„Also bis York komme ich nicht, aber ich kenne in der Stadt einen Kaufmann, der Stoffe in ganz England ausliefert. Vielleicht könnt Ihr dort nachfragen."

Die Distanz zur Stadt war nicht sehr weit, aber der Karren fuhr sehr langsam. Helena hatte große Angst, dass man womöglich ihr Verschwinden zu früh bemerken würde. Mit einem Pferd würde der Kutscher schnell eingeholt sein. Sie drehte sich immer wieder um und stellte erleichtert fest, dass sie niemand verfolgte.

Helena wurde mit ihrem Sohn vor einem kleinen Laden abgesetzt. Sie erfuhr vom Händler, dass der Besitzer Jennings hieß und Stoffe verkaufte.

„Wie kann ich Euch helfen?", fragte ein recht freundlicher älterer Herr.

„Ich suche eine Transportmöglichkeit für mich und meinen Sohn nach York. Ich habe gehört, dass Ihr einen Händler habt, der ganz England beliefert. Vielleicht könnte er mich mitnehmen? Ich könnte die Fahrt abarbeiten, indem ich beim Verkauf helfe."

Helena erkannte in Jennings Ausdruck, dass er nicht sehr erfreut über ihre Bitte war. Einer Frau mit einem Kind ohne Geld einen Transport zu verschaffen, schien ihn zu überfordern.

„Warum begleitet Euch niemand? Wo wollt ihr denn mit Kind hin?", fragte er schließlich.

„Mein Mann ist tot. Ich möchte mit meinem Sohn in meine Heimat zurückkehren", log Helena.

„Wo habt Ihr zuletzt gewohnt?", fragte Jennings weiter.

„Ich habe als Magd gearbeitet bei einer adeligen Familie."

„Bei wem?"

„Bei den Suttons."

„Ich kenne die Suttons. Sie kaufen regelmäßig bei mir Stoffe. Es wundert mich, dass sie Euch bei der Reise nicht unterstützen. Aber gut, ich werde meinen Händler Brian bitten, Euch mitzunehmen."

Brian schien nicht gerade begeistert davon zu sein, eine Frau mit Kind mitzunehmen. Helena musste ihn sehr betteln. Schließlich gab er nach. Helena hatte es geschafft bei ihm Mitleid zu erregen. Seine Kutsche war von einer festen Plane umgeben, die gut vor Regen und Kälte schützen würde.

William war recht unruhig und Helena hatte alle Hände voll zu tun, ihn ruhig zu halten.

Kapitel 24

William bemerkte, wie aufgebracht sein Vater war. Vielleicht war er immer noch verärgert über den Vorfall in der Bibliothek. William erwog es, sich bei seinem Vater am nächsten Tag zu entschuldigen.

„Wir können sie nirgendwo finden“, sagte Edward, als William den Frühstücksraum betrat.

„Wen?“

„Margret. Sie ist spurlos verschwunden. Es ist dem Dienstpersonal erst heute Morgen aufgefallen, dass sie fort ist. Sie erschien nicht zur Arbeit und als sie in ihrem Zimmer nachgesehen haben, war das Bett noch unbenutzt. Alle ihre Sachen waren fort.“

„Hat sie etwas gestohlen? Sind noch alle Sachen da?“, fragte William, der von Margret nur das Schlechteste annahm.

Edward schüttelte den Kopf.

„Es ist alles an seinem Platz. Ich glaube, sie war gekränkt nach dem Vorfall in der Bibliothek und ist davongelaufen.“

„Ich habe sie vielleicht ungerecht behandelt, aber es ist doch seltsam, wie empfindlich diese Frau ist“, meinte William.

„Ich muss sie suchen“, sagte Edward und William verstand nicht, warum seinem Vater diese Magd so wertvoll war. Dienstpersonal kam und ging und die Gründe dafür waren vielseitig. Noch nie hatten sie versucht, jemanden am Gehen zu hindern.

Margret war noch nicht einmal eine besonders fleißige Magd. Sie hatte schon seit ihrer Ankunft eine Sonderbehandlung. Ihr Fehlen würde dem übrigen Dienstpersonal wohl kaum auffallen.

„Warum ist sie dir so wichtig, Vater?“, fragte William. „Hast du ein Verhältnis mit ihr? Ist das Kind von dir?“

Edward stand aufgebracht auf. Er traute seinen Ohren nicht. „Das denkst du doch nicht wirklich von mir? Sie ist selbstverständlich nicht meine Geliebte. Wäre sie das und ihr Kind das meine, würde ich dazu stehen und mich liebevoll um beide kümmern. Denkst du wirklich, dass ich es nötig habe, ein junges Mädchen zu schwängern und sie dann als Magd im Haus arbeiten zu lassen? Du ziehst in letzter Zeit öfter die falschen Schlüsse und solltest dich zusammennehmen. Du bist erwachsen und solltest mir mit einem gewissen Respekt begegnen und auch anderen Menschen, auch wenn sie unter deinem Rang sind. Oder hast du etwa die Eitelkeit und Arroganz deiner Mutter geerbt?“

William war über die Worte seines Vaters beschämt. „Ich verstehe nur nicht, warum du diese Magd den anderen vorziehst“, meinte William.

„Das tue ich nicht. Katharina hat sie in meine Obhut gegeben. Ich habe ihr versprochen auf sie zu achten“, antwortete Edward.

„Und warum ist diese Magd der ehemaligen Königin so wichtig? Warum hat sie Margret überhaupt fortgeschickt?“

„William, ich gab Katharina mein Versprechen.

Es war ihr wichtig, Margret und ihren Sohn in unseren sicheren Händen zu wissen. Die Gründe dafür tun nichts zur Sache. Sie wurde mir als Mündel mitgegeben und ich habe die Verantwortung für sie übernommen. Ich habe ganz sicher keine romantischen Gefühle für sie."

„Wenn es dir so wichtig ist, werde ich dir helfen, sie zu suchen. Weit kann sie nicht sein. Mit einem Kind kann man nicht schnell laufen. Die Frage ist nur, wo wir anfangen sollen zu suchen."

„Du brauchst mir nicht zu helfen. Ich werde mein schnellstes Pferd nehmen und losreiten. Es gibt nur zwei Orte, wo sie Zuflucht finden kann. Entweder sie kehrt zurück zu Katharina oder zu ihrer Familie. Ich werde also Richtung Süden reiten. Sorge du hier für Recht und Ordnung."

Edward brach nach dem Frühstück unverzüglich auf. In der Stadt versuchte er herauszufinden, ob jemand Helena gesehen hatte. Er fragte einige Leute, und ein Mann meinte, er habe eine Frau mit Kind beim Stoffverkäufer Jennings gesehen.

„Eine eurer Mägde war gestern in meinem Laden", bestätigte Jennings. „Sie suchte mit ihrem Sohn eine Transportmöglichkeit nach York. Sie stand mittellos vor mir. Mir kam das etwas seltsam vor. Hat sie etwas angestellt? Habe ich womöglich einer Verbrecherin zur Flucht verholfen?"

„Nein, sie hat nichts angestellt. Es gab ein Missverständnis. Es ist sehr wichtig, dass ich sie finde."

„Ich habe sie meinem Händler Brian anvertraut.

Er ist mit einem Planwagen unterwegs. Da er unterwegs oft anhalten muss, wird er nicht besonders schnell sein. Wenn Ihr Euch beeilt, könnt Ihr sie vielleicht einholen."

„Ich danke Euch." Edward gab seinem Pferd die Sporen.

Kapitel 25

Die erste Nacht machten Brian und Helena in einer kleinen Herberge halt. Sie war zwar schäbig und heruntergekommen, aber das hielt den Wirt nicht davon ab, viel Geld für die Nächtigung und das Abendmahl zu verlangen. Helena musste versuchen, sich bei der nächsten Herberge die Unterkunft zu erarbeiten. Sie sagte Brian nichts von ihrem Vorhaben. Sie fürchtete, er würde sie zurücklassen. „Ich kann dich nicht mitnehmen zu meinen Kundinnen. Die wollen nicht, dass ich mit einer Frau und Kind im Schlepptau komme. Das könnte sich schlecht aufs Geschäft auswirken."

Helena nahm an, dass Brian mit einigen seiner Kundinnen Affären hatte und sie deswegen nicht dabei haben wollte.

So musste Helena in der nächsten Stadt bei der Herberge zurückbleiben, die sie für die Nacht als Bleibe ausgesucht hatten.

Helena war das gar nicht so unrecht. Sie hoffte, dem Wirt ihren Arbeitsdienst anbieten zu können.

„Wie stellst du dir das vor!", schrie der Wirt Helena an. „Wie willst du mir mit dem kleinen Kind helfen? Dieser Quäker gibt doch keine Ruhe. Wenn du die Nacht nicht bezahlen kannst, dann solltest du verschwinden. Ich kann hier keine Bettler gebrauchen."

Helena war verzweifelt. Sie war hungrig und müde und sie musste William eine warme Unterkunft bieten.

Nachdem der Wirt mitbekommen hatte, dass Helena kein Geld hatte, ließ er sie auch gar nicht in seiner Gaststube Platz nehmen. Das Wetter war schlecht geworden und Helena war kalt. Sie benutzte ihren Umhang, um William vor dem einsetzenden Regen zu schützen, und kauerte sich in eine Ecke der Straße und hoffte, dass Brian bald eintreffen würde. Sie musste ihn um Geld bitten.

Als es dämmerte, bekam Helena immer mehr Angst. Brian war immer noch nicht da und womöglich kam er auch nicht wieder. Sie stand mit William auf der Straße, war mittellos und fror am ganzen Körper. Sie beschloss noch einmal den Wirt zu bitten, ihr zu helfen.

„Ich flehe Euch an“, bat sie. „Ich bin bereit in der Scheune auf Heu und Stroh zu schlafen. Ich wasche euch die Teller ab. William wird bald schlafen, dann stört er mich nicht. Ich brauche nur ein wenig Essen und einen Platz in eurer Scheune. Bitte helft mir!“

Schließlich mischte sich die Frau des Wirtes ein, die den Tumult mitbekommen hat. Die Herberge war voll und es würden am Abend viele Gäste essen. Ein wenig Hilfe in der Küche wäre ihr ganz recht. Sie konnte ihren Mann überzeugen, Helena helfen zu lassen. Anfangs war William noch munter. Er saß am Boden auf einem Fell und beobachtete seine Mutter. Die Wirtin gab ihm ein paar Holzklötze zum Spielen. So störte er die Damen nicht bei der Arbeit. Als es zehn Uhr nachts war und der letzte Gast gegangen war, schlief William fest auf dem Boden. Helena hob ihn vorsichtig hoch und ging mit ihm in die Scheune. Die Wirtin hatte ihr Decken und eine Laterne gegeben. Als Helena die Scheune betrat, bemerkte sie, dass sie dort nicht der einzige Gast war. Ein Mann lag in einer Ecke. Er hatte in der Herberge kein Bett mehr bekommen und bezog in der Scheune sein Notquartier. Der Regen war gegen Ende des Tages immer stärker geworden und prasselte nun hart gegen die Scheunentore. William schlief ruhig weiter, aber Helena konnte anfangs kein Auge zutun. So würde sie es nie bis nach Schloss Kimbolton schaffen. Helena begann zu weinen. Sie fühlte sich erschöpft und hatte Angst. Irgendwann fiel sie in einen unruhigen Schlaf. Plötzlich bemerkte Helena, dass ihr jemand die Röcke hochschob. Sie fuhr erschrocken hoch. Es war dunkel, aber sie erkannte die Umrisse eines großen Mannes. Es musste der Mann aus der Ecke sein. Helena begann zu zittern und wollte den Mann wegstoßen. Er ergriff hart ihre Handgelenke. Helena schrie auf.

„Wehr dich nicht!“, rief der Fremde. „Du willst das doch auch. Ich habe dich in der Herberge beobachtet. Hab dich nicht so. Ich weiß, von welchem Schlag du bist. Sonst würdest du nicht mit deinem Balg in der Scheune schlafen.“

„Lasst mich in Ruhe!“, schrie Helena. Der Fremde drückte sie unsanft auf den Boden und Helena begriff, dass sie ihm körperlich völlig unterlegen war. Sie schrie und weinte. Er würde sie mit Gewalt nehmen und sie würde es nur geschehen lassen können. William war nun auch aufgewacht und schrie. Als Helena sich schon verloren glaubte, wurde der Fremde plötzlich von ihr fortgerissen. Sie sah die Umrisse eines anderen Mannes und wie dieser den Fremden niederschlug. Helena versuchte die Laterne zu entzünden, die sie von der Wirtin bekommen hatte. Am Anfang wollte es ihr nicht gelingen, da sie so zitterte, aber schließlich schaffte sie es.

Ein Mann kam auf sie zu. Sie wollte schon schreien, da erkannte sie Edward Sutton.

Er kniete sich zu Helena auf den Boden. Ihr Haar war zerzaust und ihr Gesicht von Tränen überzogen. „Bist du verletzt?", fragte Edward und Helena war heilfroh, seine sanfte Stimme zu hören.

„Nein, Ihr kamt rechtzeitig", antwortete sie.

„Steh auf, ich bringe dich fort."

Edward ergriff William, der aufgrund der Unruhe immer noch weinte.

Helena sah den Fremden auf dem Boden liegen. „Ist er tot?", fragte sie.

„Nein, er ist nur bewusstlos. Er wird bald wieder aufwachen. Wir sollten dann fort sein. Komm mit."

Helena folgte Edward ins Freie.

„Die Herberge ist voll. Es gibt dort keinen Platz mehr", sagte Helena.

„Keine Sorge", tröstete Edward. „Ich kenne noch eine andere Unterkunft außerhalb der Stadt."

Als Helena die Unterkunft betrat, war sie vom Regen völlig durchnässt. Sie versuchte William abzutrocknen, der langsam wieder in den Schlaf fiel.

„Ich habe mein Zimmer nebenan", sagte Edward. „Du bist hier sicher."

Helena sah Lord Sutton an. Sie hatte ein schlechtes Gewissen und wusste nicht, was sie sagen sollte.

„Es tut mir leid“, flüsterte sie schließlich.

„Ruh dich aus. Wir reden morgen weiter. Tu mir den Gefallen und lauf heute Nacht nicht fort.“

„Bestimmt nicht“, schwor Helena.

Als Lord Sutton gegangen war, zog sie ihre nassen Kleider aus und legte sich schlafen.

Helena erwachte, nachdem William aufgewacht war. Sie bemerkte, dass frische Kleider im Raum lagen. Lord Sutton war offenbar schon wach. Helena begab sich mit William in den Gästeraum und fand ihn dort vor.

„Hast du gut geschlafen?“, fragte Edward.

„Es ging“, antwortete Helena, die nicht so recht wusste, wie sie das Gespräch beginnen sollte.

„Wo wolltest du hin?“, fragte Edward schließlich.

„Ich wollte zu Lady Katharina und sie bitten mir zu helfen, ins Ausland zu reisen.“

„Ein gewagtes Unternehmen ohne Geld“, meinte Edward.

Helena blickte verlegen zu Boden.

„Ich habe eine Kutsche organisiert, die uns wieder nach Hause bringt. Ich zwinge dich nicht, mitzukommen. Aber es wäre klug von dir, mir zu folgen. Ich weiß, dass du dich im Augenblick bei uns nicht wohlfühlst und mein Sohn William macht es dir auch nicht leicht. Eines Tages lässt sich eine Lösung für deine Probleme finden. Habe etwas Geduld. Deine Mutter ist sehr erleichtert, dass du bei uns bist.

Ich werde ihr nicht schreiben, dass du uns verlassen wolltest. Sie macht sich ohnehin schon genug Sorgen."

„Ich weiß nicht, ob ich diese Situation auf Dauer aushalten kann", meinte Helena.

„Wie lange du durchhalten musst, weiß ich auch nicht. Ich werde mich mit deiner Mutter beraten. Vielleicht wäre es wirklich besser, dich eine Zeit lang ins Ausland zu bringen. Dein Bruder studiert in Frankreich. Vielleicht kannst du eine Zeit bei ihm unterkommen. Aber ich würde die Abreise nicht überstürzen. Dein Sohn ist noch sehr klein, eine so lange Reise könnte für ihn gefährlich werden. Und wie du gestern gesehen hast auch für dich."

Edward hatte recht. Nach dem gestrigen Vorfall war Helena immer noch geschockt. Sie beschloss mit Lord Sutton zurückzukehren.

Bevor sie das Grundstück der Suttons erreichten, begann Edward ein Gespräch mit Helena.

„Ich muss mit dir etwas besprechen", begann er. Helena wartete aufmerksam. Sie ahnte, dass es ihm nicht angenehm war, was er zu sagen hatte.

„Helena, William macht sich viele Gedanken darüber, warum du anders als das restliche Dienstpersonal behandelt wirst. Aber auch die anderen Mägde sehen es mit Argwohn, dass du offenbar eine bessere Behandlung bekommst und von der Arbeit verschont wirst. Wenn wir deine Tarnung aufrechterhalten wollen, muss ich dich für mehr Arbeit einteilen. Kannst du dir vorstellen, wie eine richtige Magd zu arbeiten?"

Helena nickte. „Ich weiß, dass ich keine Wahl habe. Die Sicherheit meines Kindes geht über mein Wohl. Für ihn würde ich mein Leben geben. Also kann ich auch machen, was Ihr von mir verlangt."

„Du musst wissen, dass ich das nicht gern mache, dir diese Bürde aufzuerlegen. Ich weiß, dass du etwas Besseres verdient hast. Vergib mir, dass ich so hart mit dir sein muss", bat Edward.

„Ich bin Euch wirklich sehr dankbar für Eure Hilfe", versicherte Helena. „Verzeiht mir, dass ich Euch so viel Schwierigkeiten gemacht habe."

„Du bist deiner Mutter sehr ähnlich", stellte Edward fest. „Sie ist sehr stolz auf dich."

Helena freute sich über diese Worte. Sie vermisste ihre Mutter.

Kapitel 26

Amy, die älteste Hausdienerin, war froh über die ihr neu zugeteilte Aufgabe, einige Stunden am Tag auf den Sohn von Helena aufzupassen.

Sie war gesundheitlich angeschlagen und musste nun nicht mehr den Boden schrubben.

Helena gab William ungern in die Hände einer fremden Person. Amy kümmerte sich jedoch sehr liebevoll um ihn.

Helena hatte zwar nicht zwei linke Hände, aber sie verstand von Hausarbeit gar nichts.

Die Arbeit war hart und beschwerlich. Sie musste alle Tage Böden schrubben und ihr Körper schmerzte sie von Tag zu Tag mehr. Die Haut ihrer Hände war längst aufgesprungen und brannte fürchterlich. Wenn William Sutton an ihr vorbeischritt, schrubbte sie mit versteinerter Miene weiter, aber am liebsten hätte sie ihm die nasse Bürste nachgeschmissen. Schließlich war er es, der sie in diese missliche Lage gebracht hatte.

Helena betrübte es, dass sie ihren Sohn nur wenige Stunden am Tag sah. In den wenigen Momenten war sie erschöpft und müde und hatte kaum Kraft, mit dem aufgeweckten Kind zu spielen.

William beobachtete Margret. Er sah, dass man sie besonders schwer schuften ließ. Vermutlich war das die Strafe dafür, dass sie fortgelaufen war, und William fühlte sich irgendwie schuldig, weil er diesen Umstand erwirkt hatte.

Deswegen bat er nach einigen Wochen seinen Vater: „Kannst du Margret nicht für eine andere Arbeit einteilen? Sie könnte doch in der Küche aushelfen oder uns das Essen servieren. Sie sieht ihr Kind kaum noch. Bestrafst du sie dafür, dass sie fortgelaufen ist? Ich war doch schuld daran."

Edward war erstaunt.

„Was hat deine Meinung geändert? Zuerst beschwerst du dich, dass sie zu wenig arbeitet, dann regst du dich auf, dass sie zu viel leisten muss. Was willst du William?"

„Ich bin wie du, Vater. Ich möchte niemandem unrecht tun. Ich habe gehört, dass die junge Frau verheiratet war und ihr Mann auf tragische Weise ums Leben kam, und dass sie sich nun als Magd durchs Leben schlagen muss."

Edward blickte zu Boden. Er hatte ein schlechtes Gewissen, dass er seinen Sohn bezüglich Helena belog.

„Ich werde sie für eine andere Tätigkeit einteilen lassen", versicherte Edward seinem Sohn. Es freute ihn, dass William im Kern ein gutes Herz hatte.

Fortan war Helena dazu eingeteilt, den Suttons zu servieren. Auch wenn sie anfänglich zu Williams Erstaunen alles Mögliche verschüttete und fallen ließ, wurde sie mit der Zeit immer geschickter.

Sie durfte sich nun auch ordentlich kleiden. Es war gefordert, dass sie gepflegt auftrat, insbesondere wenn Gäste im Haus waren.

William fiel auf, wie manch männlicher Besucher Margret bestaunte, und erst dadurch bemerkte auch er, dass sie eine schöne Frau war. Er beobachtete sie jedes Mal verstohlen, wenn sie den Raum betrat, und stellte fest, dass sie sich sehr anmutig bewegte. Sie schritt immer erhobenen Kopfes durch den Raum, während der Rest der Dienerschaft eher gebeugt daherkam.

In Gesprächen, die er zufällig belauschte, bekam er mit, wie gebildet Margret Konversation betreiben konnte, und sie besaß mehr Wissen, als es für Frauen ihres Standes gewöhnlich war. Ganz sicher musste Margret nach dem Tod ihres Mannes sozial abgestiegen sein. Er war neugierig und wollte mehr erfahren. So begab er sich zu ihr, als sie an einem schönen Tag mit ihrem Sohn im Freien spielte.

„Dein Sohn trägt den gleichen Vornamen wie ich. Hast du ihn nach seinem Vater benannt?“

Helena atmete tief durch. „Nein, er bekam den Namen des Großvaters“, log sie.

„Ich habe gehört, dass dein Mann verunglückt ist. Das tut mir sehr leid. Es muss schwer für eine Frau sein, alleine mit einem Kind dazustehen“, meinte William mitfühlend.

„Das ist es. Lady Katharina hat sich meiner angenommen. Ohne ihre Hilfe würde ich wohl kaum noch leben.“

„Ich war noch ein Kind, als ich sie kennenlernte. Sie war meiner Familie gegenüber immer wohlwollend. Mein Vater mag sie sehr. Stimmt es, dass es er ihr gesundheitlich schlecht geht?“

„Als ich bei ihr war, wirkte sie zwar blass und

mitgenommen, aber sie klagte nicht über gesundheitliche Beschwerden."

„Sie soll mittlerweile in erbärmlichen Zuständen hausen. Scheinbar müssen ihr Leute aus dem Dorf Nahrung und Kleidung bringen", wusste William.

Helena bedauerte, was sie da hörte. Als sie bei Katharina wohnte, kam ihr dort schon alles schlicht und kalt vor. Es dürfte jetzt kaum auszuhalten sein.

„Lady Katharina hatte wenige gute Jahre in England, die meisten waren gekennzeichnet von Ungewissheit und Angst. Der König habe sie einst sehr geliebt, aber was für eine Art von Liebe war das? Geht man so mit Menschen um, die einen etwas bedeuten? Sie tut mir sehr leid. Sie hat sich etwas Besseres verdient", meinte Helena.

„Sie wollen, dass sie den Suprematseid unterzeichnet. Bald werden sie kommen und auch uns zur Unterschrift zwingen. Das wird meinem Vater das Herz brechen. Ich hasse den König", sagte William zornig.

„Sprecht solche Worte niemals laut aus und schon gar nicht vor einem Menschen, den Ihr nicht kennt. Der König würde Euch als Verräter hinrichten lassen", mahnte Helena.

„Die Wahrscheinlichkeit, dass du den König je zu Gesicht bekommst, ist gering. Eine Magd würde er nie vorsprechen lassen. Der einzige Ort, wo er diese dulden würde, wäre in seinem Bett. Aber du bist zu tugendhaft, um dich diesem Mann hinzugeben, und ich glaube auch nicht, dass du mich verraten würdest."

Helena errötete bis hinter die Ohren. William glaubte tatsächlich, dass eine Frau sich dem König widersetzen konnte, wenn sie wollte, sogar eine Magd.

Er würde ihr die Wahrheit niemals glauben.

Kapitel 27

Helena genoss die Sonnenstrahlen und beobachtete ihren Sohn dabei, wie er versuchte, sich an allem Greifbaren hochzuziehen, um aufrecht zu stehen. Er würde bald laufen lernen, und es war schon jetzt mühsam, ihm hinterherzukommen, wenn er in der Wiese krabbelte. William schenkte Helena Lebensfreude. Sie hatte begonnen, sich mit ihrer Lebenssituation zu arrangieren. Wenn sie sich mit den anderen Dienstmägden unterhielt und deren Lebensgeschichte hörte, wurde ihr bewusst, dass sie es schlechter hätte treffen können. Helena lebte mit der Hoffnung, dass sich ihr Leben irgendwann ändern würde. Vielleicht gebar die Königin bald einen Sohn. Dann würde sie zunehmend in Vergessenheit geraten und könnte eines Tages nach Hause zurückkehren.

Helena sah, dass Edward Sutton auf sie zukam. Er war in den letzten Wochen nicht auf seinem Anwesen gewesen. Sein ansonsten stets freundlicher Blick war an diesem Tag ernst.

„Ich muss mit dir sprechen, Helena", begann er und Helena ahnte, dass er schlechte Nachrichten mitbrachte.

„Es ist besser, wenn du dich auf die Bank setzt", meinte Edward.

Nachdem Helena mit zitternden Händen Platz genommen hatte, fuhr er fort: „Dein Vater ist gestorben. Es tut mir sehr leid."

Helena brach in Tränen aus. Sie hatte zwar nicht

die gleiche enge Bindung zu ihrem Vater wie zu ihrer Mutter, dennoch hatte sie ihn geliebt. Seine schwere Erkrankung hatte ihn sehr mitgenommen. Zu bemerken, wie sein Körper ihm zunehmend nicht mehr gehorchte, belastete ihn sehr. Seine Laune wurde immer schlechter und die letzten Jahre war es schwer, mit ihm zusammenzuleben. Helena hätte ihren Vater gerne noch einmal gesehen und sich von ihm verabschiedet. Dass andere Menschen daran schuld waren, dass sie dies nicht konnte, machte sie wütend und traurig.

„Man hätte mir mitteilen müssen, dass er im Sterben lag!", sagte Helena zornig.

„Was hätte das geändert? Du hättest nicht zu ihm reisen können. Deine Mutter hielt es für besser, dich erst nach seinem Ableben zu informieren."

„Hat Euch meine Mutter geschrieben? Hat sie auch ein paar Zeilen für mich hinzugefügt? Sie weiß doch, dass ich hier bin. Warum versucht sie nie, mit mir Kontakt aufzunehmen? Will sie mich nicht mehr zur Tochter haben?", fragte Helena vorwurfsvoll. „Ich will nicht mehr von allem ausgeschlossen werden. Ich habe genug. Ich konnte nicht einmal von meinem Vater Abschied nehmen! Ich kann nicht mehr."

Helena war völlig außer sich. Plötzlich schien alles über sie hereinzubrechen. Die Schutzmauer der Hoffnung brach ein und alle Wut und Unzufriedenheit, die sie verborgen hielt, kamen auf einmal zum Vorschein. Sie wollte die Ungerechtigkeit, die ihr widerfahren war, nicht akzeptieren.

Edward wartete geduldig, bis Helena sich langsam wieder beruhigt hatte. Er wusste zu gut, dass das Leben oft anders verlief, als man es sich wünschte. Helena war noch jung. Sie musste erst noch lernen, mit den Herausforderungen des Lebens klarzukommen.

„Deine Mutter liebt dich sehr, Helena. Das Schlimmste für sie wäre, wenn dir oder deinem Sohn etwas geschehen würde. Es waren viele bekannte Leute bei der Beerdigung deines Vaters. Auch ich konnte ihm meine letzte Ehre erweisen. Er war am Ende seines Lebens so verwirrt, dass er deine Mutter nicht mehr erkannte. Genauso wenig erkannte er deine Brüder, und dich hätte er auch nicht erkannt. Es hätte also nichts gebracht, wenn du dich dorthin geschlichen hättest. Es waren mehr Leute vom Hof dort, als es gut für dich gewesen wäre. Deine Mutter lässt dir ausrichten, wie sehr sie dich liebt. Sie wollte hierherkommen, aber ich halte das für keine gute Idee. Es wäre zu gefährlich für dich. Ihr würdet euch schwertun, die Lüge um dich aufrechtzuerhalten. Im Augenblick ist nicht der richtige Zeitpunkt für ein Treffen."

Edward ließ Helena allein. Er konnte ihr die Trauer nicht abnehmen. Seine Gedanken waren bei Isabella. Er liebte diese Frau über alles. Als er von Lord Winters Tod erfuhr, eilte er sofort zu ihr. Doch als er dort eintraf, waren schon ihre Söhne und zahlreiche andere Verwandte im Haushalt der Winters untergebracht, sodass er sich eine andere Bleibe suchen musste. Isabella war ständig von Leuten umgeben. Es gab während der Trauerfeierlichkeiten kaum eine Möglichkeit, ungestört mit ihr zu sprechen. Die wenigen Momente reichten nur aus, um ihr alles über ihre Tochter zu erzählen. Und trotzdem spürte er während der ganzen Zeit seines Aufenthaltes diese unüberwindbare Anziehungskraft, die von ihr ausging.

Kapitel 28

Edward saß gerade in seinem Schreibzimmer und prüfte eine Abrechnung, als ihm sein Dienstpersonal meldete, dass eine Kutsche vorgefahren sei. Er erwartete niemanden und ahnte nichts Gutes. Er begab sich in den Hof und sah, dass eine Frau aus der Kutsche stieg. Er trat näher heran und erkannte, dass es Isabella war. Freude und ein wenig Wut kamen in ihm hoch. Er hatte ihr doch dringend davon abgeraten, in den Norden zu kommen. Die Identität ihrer Tochter hielt er immer noch geheim. Ihr Erscheinen könnte zu ungeahnten Komplikationen führen.

„Isabella!“, begann er, nachdem er sie in sein Schreibzimmer geführt hatte. „Was denkst du dir nur dabei, hierherzukommen? Versteh das nicht falsch! Ich denke jeden Tag an dich, und ich möchte dich bei mir haben, aber ist es nicht zu gefährlich für Helena, dass du hier bist?“

Isabella schlang ihre Arme um ihn und drückte ihren Kopf an seine Brust. Er hörte ein leises Schluchzen, als er sanft seine Arme um sie legte.

„Schon gut, Isabella. Es ist schön, dich hier zu haben.“

Isabella löste sich von Edward und nahm auf einem Sessel Platz.

„Ich bin gekommen, weil ich nicht mehr weiß, was ich machen soll. Der König ist verrückt geworden. Er hat Thomas Morus hinrichten lassen. Das ist unvorstellbar. Wenigstens erwies er ihm die Ehre, ihn köpfen zu lassen. So entging er der grausigen

Tortur des Verrätertodes. Ich frage mich, was in diesem König vorgeht? Er war einmal so ein sympathischer junger Mann. Je älter er wird, desto unberechenbarer wird sein Handeln. Zuerst lässt er sich von Katharina scheiden, dann sagt er sich von der Kirche los, jetzt bringt er seine Freunde um. Was wird wohl als Nächstes passieren?"

„Der König möchte mit Morus' Hinrichtung ein Exempel statuieren und damit alle warnen, die sich weigern, die Suprematsakte zu unterzeichnen. Wenn er seinen besten Freund hinrichten lässt, dann ist auch kein anderer mehr vor ihm sicher. Aber mach dir keine Sorgen. Sie werden dich in Ruhe trauern lassen. Dein Mann ist tot. Seine Unterschrift können sie nun nicht mehr einfordern. Allerdings werden sie an deine Söhne herantreten. Ist es das, was dir so große Sorge macht?"

„Nicht nur das."

Isabella versuchte ihre Aufregung in den Griff zu bekommen. Dann fuhr sie fort.

„Ein Gesandter des Königs ließ mir eine Nachricht zukommen. Der König plane bereits meine Wiedervermählung mit Lord Efferton. Sobald das Trauerjahr vorüber ist, soll sie stattfinden. Der Lord ist dem König treu ergeben und für seine treuen Dienste soll ich das Präsent sein. Er will nur mein Geld und die Ländereien, die mein Mann mir hinterlassen hat. Ich hasse das Recht des Königs, über das Schicksal anderer Menschen entscheiden zu können. Ich kann keinen anderen Mann heiraten. Es gibt nur einen, den ich liebe, und das bist du."

Edward war fassungslos über diese Nachrichten. Jetzt hatte seine Liebe zu Isabella endlich eine Chance bekommen, da sollte sie ihm schon wieder genommen werden. Er wollte nach dem Trauerjahr den König um Isabellas Hand bitten. Früher schien es ihm nicht sinnvoll, gerade jetzt, wo der König wegen der Suprematsakte in einem Ausnahmezustand war. Er verabscheute den König und ebenso Lord Efferton.

„Es muss einen Weg geben, dies zu verhindern", begann Edward mit zitternder Stimme. „Ich werde eine Lösung finden. Vergiss nicht, sie müssen dir Zeit zum Trauern lassen!"

Isabella lachte. „Glaubst du wirklich, dass das neu ernannte Oberhaupt der Kirche sich Vorschriften machen lässt, was er tun darf und was er lassen soll? Der König hat schon das Leben meiner Tochter zerstört und jetzt will er auch noch meines kaputt machen."

Edward zog Isabella vom Sessel hoch und in seine Arme. „Ich werde das nicht zulassen", flüsterte er sanft in ihr Ohr und streichelte zärtlich ihr Haar. Er begann, ihre Wangen zu küssen, die noch immer von Tränen überzogen waren.

Als ihre Lippen seinen Mund berührten, wurden seine Küsse fordernder. Isabella umschlang Edwards Taille. Er spürte ihren Körper vor Leidenschaft zittern. Sie presste sich an ihn und ihre Hände glitten an seinem Körper entlang. Als Edward bemerkte, dass Isabella sich kaum noch beherrschen konnte, drückte er sie sanft von sich.

„Vorsicht“, mahnte er leise. „Wir müssen aufpassen, dass uns niemand ertappt. Mein Personal ist loyal, aber es tratscht, wie alle Diener und Mägde. William und Helena sollten uns nicht erwischen.“

Isabella löste sich von Edward. „Tut mir leid, du hast recht.“ Sie blickte verlegen zu Boden.

Edward legte seinen Arm um Isabella. „Ich bin glücklich, dass du hier bist, auch wenn es riskant ist. Du kannst bleiben, solange du möchtest. Ich werde Helena Bescheid geben. Ihr müsst euch heimlich treffen. William und das gesamte Personal wissen nicht, dass Helena deine Tochter ist. Sie glauben, sie wäre eine Magd und nennen sie Margret. Zu ihrer Sicherheit sollte das auch so bleiben. Es kommen hier viele Menschen täglich auf unsere Ländereien. Es braucht nur einer dabei zu sein, der die Wahrheit am Hofe ausplaudert, und Helena gerät in große Lebensgefahr und vielleicht auch wir. Man munkelt, dass der König der Königin überdrüssig ist. Anne ist fast hysterisch vor Angst, den König zu verlieren.“

Isabella nickte. Auch sie hatte die Gerüchte gehört, dass sich am Hof Unheil anbahnt. „Ich werde meine Tochter nicht in Gefahr bringen. Aber wenigstens einmal möchte ich sie und das Kind sehen. Bitte versuche, mir das zu ermöglichen“, bat sie.

Edward nickte. „Wenn es nach mir ginge, würde ich dich nie mehr wieder gehen lassen“, flüsterte er leise.

Er hatte Isabella schon einmal verloren. Ein weiteres Mal würde ihn umbringen. Er musste einen

Weg finden, den König von seinem Plan abzubringen, Isabella erneut zu vermählen.

Kapitel 29

Isabella wurde in einem Gästeflügel des Hauses untergebracht. Helena gelang es, unbemerkt dorthin zu gelangen.

Die Wiedersehensfreude war überwältigend. Als die beiden Frauen sich unbeobachtet fühlten, fielen sie sich in die Arme.

„Ich habe dich so vermisst, Mutter!“ Helena war so glücklich, als Edward Sutton ihr mitteilte, ihre Mutter sei gekommen. Endlich hatte sie wieder einen vertrauten Menschen um sich. Nach der schweren Zeit tat es gut, die Wärme der Mutter zu spüren. Sie hatte schon Angst, sie würde sie womöglich nie mehr wiedersehen.

„Ich habe dich auch vermisst. Es gab keinen Tag, an dem ich nicht an dich gedacht habe, und ich hatte solche Sorge um dich.“ Isabella sah Helenas traurige Augen und ihre aufgeschundenen Hände.

„Lassen die Suttons dich hier etwa hart arbeiten?“, fragte sie empört. Isabella gefiel nicht, wie blass und müde ihre Tochter wirkte.

„Anders können wir den Schwindel nicht aufrechterhalten. Nur wenn ich mich so verhalte wie der Rest der Dienerschaft, kann ich halbwegs glaubhaft wirken“, beschwichtigte Helena. Sie erkannte Mitleid in den Augen ihrer Mutter.

„Das hast du nicht verdient“, meinte Isabella. „Wir hätten dich niemals an den Hof schicken dürfen. Es war ein Fehler.“ Isabella haderte mit einem schlechten Gewissen. Sie hatte darauf bestanden,

Helena am Hofe vorzustellen. Sie selbst durfte als ganz junges Mädchen Hofdame der damals amtierenden Königin Elisabeth von York sein. Sie war eine gute Ehefrau und Mutter, mischte sich nie in politische Entscheidungen ein und diente den Hofdamen als gutes Vorbild. Auch wenn Isabella König Heinrich VII nicht besonders sympathisch fand, so verhielt er sich doch ordentlich. Sie musste nie fürchten, dass er sich an den unschuldigen Hofdamen vergreifen würde. Damals war alles anders.

„Es ist nicht deine Schuld. So schlimm alles für mich gewesen ist, so ist doch etwas Gutes dabei herausgekommen. Du solltest meinen Sohn kennenlernen. Ich habe ihn William getauft. Er ist ein wunderschönes Kind mit sonnigem Charakter. Er bringt mich so oft zum Lachen. Wenn ich ihn ansehe, weiß ich, dass meine Tortur nicht umsonst war. Ich liebe ihn von ganzem Herzen."

„Ich muss ihn unbedingt kennenlernen. Ich möchte meinen Enkel sehen", bat Isabella. Sie hoffte, dass er den Charakter seiner Tochter und nicht den des Vaters erben würde.

„Wir müssen vorsichtig sein. Die Belegschaft sollte uns nicht unbedingt gemeinsam sehen. Ich kann hier niemandem vertrauen –"

Helena verstummte plötzlich, als sie Schritte hörte. Erschrocken drehte sie sich um, und erkannte Edward Sutton. Sein Blick war besorgt.

„Es ist nicht gut, wenn ihr euch hier im Haus trefft. Es gibt zu viele Ohren", mahnte er.

„Ich möchte nicht, dass Helena so hart arbeiten

muss“, forderte Isabella.

„Mutter!“, unterbrach sie Helena.

Edward hob die Augenbrauen.

„Denkst du, dass ich Helena gerne wie eine Magd behandle? Ich weiß sehr wohl, von welchem Blut sie ist. Aber sie ist nun einmal in Schwierigkeiten und ich versuche ihr nur zu helfen. Es ist nicht meine Schuld, was damals auf Hampton Court geschehen ist“, setzte sich Edward zur Wehr.

„Helena ist nicht mit Absicht in das Bett des Königs gestiegen. Sie wurde dazu gezwungen. Sie hatte keine Wahl“, sagte Isabella etwas zu laut und Edward bemerkte, wie aufgebracht sie auf einmal war.

„Helena“, begann Edward. „Ich würde gerne mit deiner Mutter unter vier Augen sprechen. Vielleicht kannst du uns alleine lassen? Ich weiß, dass ihr euch lange nicht gesehen habt, aber es ist nur zu deinem Wohl, Abstand zu halten. Ich werde mir einen Ort einfallen lassen, wo du dich mit deiner Mutter heimlich treffen kannst.“

Helena nickte gehorsam und verabschiedete sich von ihrer Mutter mit einer Umarmung.

„Warum bist du so wütend auf mich?“, fragte Edward Isabella.

„Es tut mir leid. Ich bin gar nicht wütend auf dich, sondern auf die ganze Situation. Ich fühle mich so hilflos. Wie soll das alles weitergehen? Sollen wir Helena ewig hier verstecken? Was ist, wenn dein Sohn William eine Frau mitbringt, sie heiratet. Soll

Helena dann ihre Dienstmagd sein? Wie viel Demütigung soll sie noch ertragen?"

Edward hatte für Verständnis für Isabellas Bedenken. Sie war eine Mutter, die für das Wohl ihrer Tochter eintrat.

„Beruhige dich", bat Edward. „Es wird sich irgendwann ein Weg finden, aber derzeit ist alles im Umbruch. Es herrscht Unruhe im Land. Es wäre jetzt unklug, in ein Wespennest zu stechen. Wir sollten die Entwicklungen der nächsten Zeit abwarten. Dann finden wir eine Lösung, die allen gerecht wird."

Edward trat näher auf Isabella zu und nahm sie in die Arme. Sie legte ihren Kopf auf seine Brust. Je fester sie Edward umschlang, desto schneller wurde sein Herzschlag. Edward liebte Isabellas duftendes Haar nach Rosenwasser. Langsam begann er ihren Rücken zu streicheln, dann ihren Nacken und ihre Haare. Sie zu berühren, erregte ihn. „Isabella", flüsterte er. „Ich kann die Nacht mit dir nicht mehr vergessen. Ich möchte dich wieder spüren, mit dir verschmelzen. Ich will ganz tief in dir sein." Edward begann Isabella zu küssen und er hörte sie stöhnen. Sie wollte ihn genauso. Edward führte Isabella zu ihrem Bett und begann langsam, sie zu entkleiden. Doch er wurde immer erregter und zerrte schließlich immer fester an ihrer Kleidung. Als es ihm nicht gelang, ihr Oberteil vollständig zu öffnen, schob er ihre Röcke hoch. „Ich will dich jetzt", flüsterte er. Ungeduldig drang er in Isabella ein, die vor Verlangen aufstöhnte. Immer wieder stieß er zu, zuerst sanft, dann immer härter. Er hatte die Kontrolle über sich verloren und konnte sich nur noch seiner Ekstase hingeben. Isabella kam laut. Edward erstickte ihre Töne mit leidenschaftlichen Küssen, ehe auch er seinen Höhepunkt erreichte.

„Ich muss verhindern, dass ich dich wieder verliere", keuchte Edward. „Ich könnte nie einen anderen Mann so lieben wie dich", beteuerte Isabella. „Rette mich und meine Tochter", flehte sie.

Kapitel 30

Edward beschloss nach London aufzubrechen. Er wollte sich ein Bild von der Lage bei Hofe machen. Es fiel ihm schwer, aber er musste etwas Distanz zu Isabella aufbauen. Sie war offiziell in Trauer und der König hatte einen neuen Mann für sie im Auge. Es durfte vorerst niemand von seiner Liebe zu Isabella erfahren, schon gar nicht sein Sohn, der nach allem, was passiert war, nicht sehr viel von den Winters hielt.

Edward konnte im Augenblick seine Leidenschaft für Isabella nicht zügeln, also war es vorerst das Beste, das Haus zu verlassen. Es war ohnehin an der Zeit, mehr über die Vorgänge im Land zu erfahren.

„Fliehst du vor mir?“, fragte Isabella keck, als sie sich von Edward verabschiedete.

„Dich vor mir zu haben und nicht berühren zu dürfen, wann immer ich das möchte, ist für mich kaum auszuhalten. Ich komme zu dir zurück, mach dir keine Sorgen. Es ist jetzt wirklich wichtig herauszufinden, was gerade vor sich geht. Irgendetwas braut sich zusammen und ich habe das Gefühl, dass bald noch schlimmere Dinge passieren als die Hinrichtung von Thomas Morus.“

„Ich habe Angst, wenn jemand, den ich liebe, an den Hof geht“, flüsterte Isabella. „Was ist nur aus uns geworden? Was ist aus diesem Land geworden? Wir haben doch früher alles gegeben, um an den Hof geladen zu werden. Und jetzt versucht jeder von dort zu fliehen. Bitte verärgere den König nicht. Vielleicht ändert er seine Meinung ohnehin noch, mich mit Lord Efferton zu vermählen. Der König ist launisch und so sind auch seine Entscheidungen. Was er heute gut findet, findet er morgen langweilig."

„Mach dir bitte keine Sorgen um mich. Ich möchte, dass du hier im Norden bleibst, bis ich wieder zurückkomme, auch wenn das ein paar Wochen dauern kann. Ich habe meinem Sohn gesagt, dass du dich hier vom Tod deines Mannes erholen willst. Nach dem, was zwischen Helena und dem König passiert ist, ist er nicht gerade gut auf sie zu sprechen. Leider kennt er nur die Geschichten der Hofdamen, die sich dem König gerne hingeben. Er hat es auch nicht sehr positiv aufgenommen, dass du ihn bezüglich Helena angelogen und eine Krankheit vorgetäuscht hast. Er kann sehr stur sein, aber er hat das Herz am rechten Fleck. Bitte habe Nachsicht mit ihm. Wenn du etwas brauchst, dann wende dich an ihn. Er wird dir helfen, vielleicht nicht gerne, aber er wird. Ich halte es für das Beste, wenn du im Gästetrakt speist und nicht an seiner Tafel. Du kannst dir vom Stallmeister jederzeit ein Pferd satteln lassen und ausreiten. Er kann dich auch gerne begleiten, wenn du dich nicht auskennst. Der Stallmeister wird mit dir zu einer Hütte reiten, die nicht weit von hier ist, aber nicht einsehbar. Dort kannst du dich mit Helena treffen. Die Hütte liegt auf dem Weg zur nächsten Stadt. Helena kann vorgeben, dort Erledigungen machen zu müssen, die ich ihr aufgetragen habe. So entsteht kein Verdacht. Seid aber trotzdem vorsichtig."

Edward umarmte Isabella zum Abschied und achtete darauf, dass sie niemand dabei beobachtete. Es würde ihm das Herz brechen, sie an einen anderen Mann zu verlieren.

Kapitel 31

William konnte es nicht leiden, alleine an der langen Tafel zu essen. Er war etwas enttäuscht, dass sein Vater es nicht in Erwägung gezogen hatte, ihn nach London mitzunehmen. Anscheinend hatte er auch vergessen, dass heute sein fünfundzwanzigster Geburtstag war. Ihm wurde bewusst, dass andere Männer in seinem Alter schon längst verheiratet waren und Kinder hatten. Sein Vater wollte ihn nicht zu früh vermählen, zunächst hatte er eine harte Ausbildung zu absolvieren. Als Sohn eines Barons war es seine Pflicht, dem König zu dienen, wenn es sein musste auch im Kampf. Williams Vater wollte, dass er für diesen Fall gut vorbereitet war.

William stocherte in seinem Essen, als Helena eintrat, um ihm Wein nachzuschenken.

„Margret", begann er. „Hast du nicht Lust, dich zu setzen, um mir etwas Gesellschaft zu leisten?"

Helena zögerte: „Ich glaube, das geziemt sich nicht. Als Magd steht es mir nicht zu, an Eurem Tisch zu sitzen."

„Wer sagt das?", fragte William. „Im Moment habe ich hier das Sagen und ich möchte, dass du dich an den Tisch setzt."

Helena gehorchte widerwillig.

„Woher kommst du eigentlich?", bohrte William nach.

„Aus dem Süden."

„Und wo aus dem Süden?"

„Sussex."

„Wir haben derzeit Besuch von Lady Winters. Sie kommt auch aus Sussex. Ich bin noch nie dort gewesen. Wie gefällt dir der Norden?“

„Ich habe noch nicht viel vom Norden gesehen“, gab Helena ehrlich zu. William wurde etwas verlegen. Er fand seine Frage auf einmal ziemlich dumm. Er konnte von einer Dienstmagd nicht erwarten, dass sie viel von der Welt gesehen hatte.

„Du hast Königin Katharina gedient. Wie war sie so?“ William wollte das Thema wechseln.

„Sie ist eine starke Frau“, begann Helena. „Ihr wurde viel Unrecht angetan und trotzdem spricht kein Hass aus ihren Worten. Sie vergisst nie zu betonen, wie sehr sie den König geliebt hat. Er hat sie schrecklich behandelt und gedemütigt, trotzdem ist sie bereit, ihm zu verzeihen, und wünscht ihm nur Gutes. Wie ein Mensch mit einem so gebrochenen Herzen noch so selbstbewusst sein kann, ist mir ein Rätsel. Ich bin froh, dass ich sie kennenlernen durfte.“

„Lady Katharina hatte kein Glück mit ihren Ehemännern. Der eine starb und der andere war ein Tyrann. Die Scheidung war ein Skandal.“ William schüttelte den Kopf.

„Der König begründet seine Scheidung von Katharina dadurch, dass in der Bibel steht, man darf nicht die Frau seines Bruders heiraten. Es steht dort außerdem, dass solche Ehen kinderlos bleiben sollen. Da Lady Katharina dem König keinen Thronerben schenken konnte und viele Fehlgeburten hatte, fühlte sich der König in seinem Recht bestätigt, dass seine Ehe mit Katharina eine Sünde war“, wusste Helena. William wunderte sich, ob Margret all diese Informationen von Lady Katharina hatte.

„Im Prozess gab Lady Katharina an, dass die Ehe mit Heinrichs Bruder nie vollzogen wurde. Aus diesem Grund erhielt sie auch den Dispens des Papstes für die Ehe mit König Heinrich. Der König muss doch gemerkt haben, ob Katharina als Jungfrau in die Ehe ging oder nicht. Dann hätte er in der ersten Nacht schon von ihr ablassen müssen und nicht erst nach so vielen Jahren. Das ist einfach lächerlich.“ Für William war der König ein Lügner.

„Wie auch immer“, meinte William. „Der König wollte Lady Katharina loswerden, um Anne Boleyn heiraten zu können. Vielleicht ist es besser, dass ihm ein Grund für die Scheidung eingefallen ist, als hätte er versucht, Katharina ermorden zu lassen. Das hätte ich ihm zugetraut. Sie hatte einfach Pech, an einen Mann wie König Heinrich zu geraten. Sein Bruder wäre bestimmt ein besserer König gewesen. Es tut mir leid, dass dein Mann verunglückt ist.“

Helena senkte verlegen den Kopf. All diese Lügen waren für sie unerträglich.

„Ja, mir war die Liebe nicht gegönnt“, sagte sie schließlich nach einer längeren Pause.

„Da sind wir schon zu zweit“, meinte William plötzlich. „Ich sollte eine schöne Frau aus Sussex heiraten, aber als sie an den Hof kam, um sich für die Ehe vorzubereiten, hat sie mir Hörner aufgesetzt. Sie konnte sich den Reizen des Königs nicht entziehen. Wie dumm diese Frauen doch sind, die sich mit dem König einlassen, als ob er auch nur für eine etwas empfinden würde. Sie sind nur Spielzeug in seinen Händen. Die Frau, die ich heiraten sollte, war leider jung und dumm – eine gefährliche Kombination. Die Verlobung wurde zum Glück aufgelöst."

Helena hatte sich verkrampf und ballte unter dem Tisch ihre Fäuste. Das war also seine Meinung von ihr. Er glaubte tatsächlich, sie hätte sich dem König hingegeben. William bemerkte, wie Helenas Gesichtsausdruck sich verfinstert hatte.

„Was ist mit dir?", fragte er.

„Darf ich bitte aufstehen und den Tisch abräumen?", fragte sie zitternd vor Zorn.

„Erzähl mir erst, was los ist", bohrte William nach.

„Das wollt Ihr nicht hören", meinte Helena.

„Bitte, du machst mich neugierig. Sag, was du denkst."

„Ihr denkt wirklich, dass alle Frauen, die den Hof betreten, nichts anderes im Sinn haben, als sich den König zu angeln? Ihr meint, wenn ein junges Mädchen, das gerade den Kinderschuhen entstiegen ist, an den Hof kommt, es nur vom König verführt werden möchte. Wisst Ihr, wie es ist, wenn ein unschuldiges Mädchen in die Hände eines erfahrenen und anspruchsvollen Mannes gerät? Soll ich Euch schildern, wie es ist, wenn Ihr unvorbereitet auf das Bett gedrückt werdet mit einem schweren Körper auf Euch, der Euch kaum atmen lässt, und Ihr noch nicht bereit seid oder gar nicht wisst, was passieren wird. Wenn er sich in Euch hineinbohrt und sich der

Schmerz anfühlt, als ob jemand mit einem Messer Eure Scheide aufschneiden möchte. Wenn er rücksichtslos weitermacht, Euren Atem erstickt mit seinem nach Alkohol stinkenden Mundgeruch und Ihr nichts tun könnt, außer abwarten und beten, bis die Tortur vorüber ist. Wenn Ihr nach seinem Vergnügen weggeworfen werdet wie Abfall.

Ihr denkt tatsächlich, dass jede Hofdame das über sich ergehen lassen möchte? Dann kennt Ihr die Frauen nicht sehr gut."

Helena bemerkte, wie ernst William geworden war. Ihr waren Tränen in die Augen gestiegen. Sie wollte nicht, dass William das sah, und stand ohne seine Erlaubnis vom Tisch auf.

„Ich muss aufräumen", entschuldigte sie sich. Sie entfernte sich sehr schnell und zog sich in das Vorzimmer zurück. Sie wischte sich die Tränen von den Augen, als sie plötzlich spürte, wie jemand die Hand auf ihre Schulter legte.

Langsam drehte sie sich um. William stand hinter ihr.

„Es tut mir leid, dass du mit deinem Mann offenbar diese Erfahrung gemacht hast", sagte er leise.

Helena musste plötzlich lachen. William hatte offenbar nichts begriffen, aber es war auch gut so. Er durfte nie erfahren, wer sie war.

„Ja, ich habe tatsächlich keine guten Erfahrungen gemacht", sagte sie schließlich.

Sie erkannte Mitleid in Williams Augen und das schien ihr so absurd.

William streichelte plötzlich Helenas Wange. Es

geschah so schnell und unerwartet, dass sie nicht mehr zurückweichen konnte.

„Es sind nicht alle Männer so“, bekundete William.

Seine Berührung hatte in ihr ein eigenartiges Gefühl ausgelöst. Es fühlte sich gut an.

Williams Hand streichelte noch immer sanft ihre Wange und er schaute ihr viel zu lange und viel zu tief in die Augen.

„Ich muss jetzt weiterarbeiten, sonst werde ich nicht fertig. Mein Sohn wartet auf mich.“ Helena löste sich von William, der augenblicklich zurücktrat. Auch ihm schien plötzlich bewusst zu werden, dass dieser Moment nie passieren hätte dürfen.

Kapitel 32

Es war für Helena nicht schwierig, einen Pferdewagen zu bekommen, um die vorgetäuschten Erledigungen für die Suttons zu machen. Schwieriger war es, die übrige Dienerschaft davon zu überzeugen, dass sie ihren Sohn William mitnehmen wollte. Sie gab vor, dass sie ihn zu einem Mediziner bringen wollte, weil er manchmal hustete. Den Pferdewagen zu leiten und dabei William auf dem Schoß festzuhalten fiel Helena nicht leicht, aber das Pferd war zuverlässig und kannte den Weg zur Stadt auswendig. Es machte erst ein paar Anstalten, als Helena zur beschriebenen Hütte abbog.

Dort wartete ihre Mutter schon ganz ungeduldig. Endlich konnte Isabella ihren Enkel kennenlernen.

Sie nahm ihn gleich auf den Arm, obwohl sich dieser kräftig wehrte.

„Er ist stark wie sein Vater", meinte Isabella sarkastisch.

„Ich hoffe nur, dass er nicht seine Unberechenbarkeit geerbt hat", wandte Helena ein.

„Das hoffe ich auch. Zum Glück sieht er seinem Vater nicht ähnlich. Davor hatte ich schon große Angst."

„Ganz sicher können wir das erst sagen, wenn er größer ist. Ich frage mich oft, was ich ihm von seinem Vater erzählen soll. Sein Leben wird von einer Lüge geprägt sein."

Isabella verstand ihre Tochter nur zu gut. Sie

hatte einen Mann geheiratet, obwohl sie einen anderen liebte. Nichts war schwieriger, als Gefühle vorzuschwindeln, die man nicht hatte. Sie hatte so oft Verrat an ihrem Herzen ausgeübt. Und jetzt, wo sie ihrer großen Liebe so nah war, drohte man wieder, ihr Glück zu zerstören.

„Du wirst es schaffen", ermuntere Isabella ihre Tochter. „Vielleicht kannst du eines Tages zu uns nach Sussex zurückkehren."

„Solange die Königin keinen Sohn gebärt, wird das ein unerfüllter Traum bleiben."

„Vorerst bist du hier sicher. Wie kommst du mit William zurecht? Er denkt, du bist eine Dienstmagd."

„Das ist auch besser so, Mutter. William hält nicht viel von mir, ich meine von Helena, die ich für ihn ja nicht bin. Er denkt, ich wäre freiwillig ins Bett des Königs gestiegen. Er hält mich für eine Hure und das tut mir sehr weh."

„Wäre er der richtige Mann für dich gewesen?", bohrte Isabella nach.

„Ich weiß es nicht", zweifelte Helena. „Er kann sehr nett und aufmerksam sein, manchmal auch arrogant und respektlos. Er sieht gut aus. Unter normalen Umständen hätte ich mich sicher in ihn verlieben können."

Isabella hatte Mitleid mit Helena.

Die Frauen versuchten dennoch, für diesen Morgen ihre Belastungen zu vergessen, und spielten mit William, redeten über alte Zeiten, Helenas Geschwister und sie versuchten sich immer wieder ein

Lachen zu entlocken.

„Ich muss jetzt zurückfahren. Ich werde sagen, dass die Artikel noch nicht da sind, die Lord Sutton bestellt hatte. Dann habe ich eine Ausrede, dass ich eventuell in zwei Tagen wieder hier sein kann. Bei den Suttons sollten wir uns aus dem Weg gehen, damit niemand Verdacht schöpft. William kann ich das nächste Mal wahrscheinlich nicht mitbringen."

„Geh nur, Helena. Ich bin glücklich, dass ich William kennenlernen durfte. Ich glaube, dass er dir viel Freude machen wird. Dann bist du auch nicht so allein."

Isabella umarmte ihre Tochter zum Abschied.

Kapitel 33

William ritt früh am Morgen gerne aus. Es half ihm, einen freien Kopf zu bekommen, was er nach dem gestrigen Abend notwendig hatte. Er konnte es sich nicht erklären, aber irgendetwas an Margret gefiel ihm außerordentlich gut und es war nicht allein ihr Aussehen.

Er hatte ihr gestern zugesetzt. Das war nicht seine Absicht und er sollte wirklich vorsichtig sein, seine negative Meinung über den König jedem kundzutun. In der Dienerschaft wurde gerne getratscht und letzten Endes wusste man derzeit nicht, wer wem gegenüber loyal war. Der König spaltete das Land. Vor allem im katholischen Norden war es unruhig geworden. Hinter verschlossener Hand wurde immer wieder von Aufständen getuschelt. Einem Aufstand gegen den König würde er sich nur liebend gern anschließen.

Während William in Gedanken versunken war, näherte er sich mit seinem Pferd der alten Hütte, die sein Vater einmal gebaut hatte. Sie lag sehr idyllisch und alte Bäume schützten vor neugierigen Blicken, obwohl die Hütte sehr nahe an der Straße lag.

Als William näher ritt, vernahm er Frauenstimmen. Er stieg vom Pferd und hielt sich hinter den Bäumen. Nur langsam trat er näher und versuchte unbemerkt zu bleiben.

Es überraschte ihn sehr, als er Lady Winters und Margret zusammen sah.

Lady Winters spielte mit dem Sohn von Margret

und tat so, als würde sie Margret schon ihr Leben lang kennen.

Die beiden Frauen waren so vertraut miteinander, als würden sich die beiden vielleicht von früher kennen. Schließlich waren sie beide aus Sussex. Als er beobachtete, wie Lady Winters Margret zum Abschied herzlich umarmte und lange festhielt, bohrte sich plötzlich ein anderer Gedanke in seinen Kopf.

Oh mein Gott, dachte er und Wut stieg in ihm hoch. Wie konnte er nur so dumm sein? Margret war vermutlich gar nicht die, die sie vorgab zu sein. Jetzt erschien ihm plötzlich alles so klar.

Margret war genau in Helenas Alter und sie hatte einen Sohn – den Sohn, nicht irgendeinen. Margret war Helena. Deswegen konnte sie lesen und schreiben und war gebildet.

Sie hatten ihn alle belogen. Sein Vater, Lady Winters und Helena. Sie hielten ihn zum Narren.

William schwang sich aufs Pferd und ritt zum Anwesen zurück. Er wollte noch vor Helena dort sein.

Sie traf eine Weile nach ihm ein.

Helena wunderte sich, dass William sie in Empfang nahm und nicht der Stallmeister ihr entgegenkam.

„Wo warst du?“, fragte William mit aufgesetzter Freundlichkeit.

„In der Stadt“, antwortete Helena knapp.

„Und was hast du dort gemacht?“, bohrte William nach.

„Euer Vater bat mich, dort etwas zu besorgen.“

„Was denn?"
„Stoffe", log Helena.
„Stoffe? Wofür?"
„Ich weiß es nicht, das hat er mir nicht gesagt, aber da es Vorhangstoffe sind, denke ich, dass es um Vorhänge geht." Helena gelang es nicht, das Pferd abzuzäumen, weil sie ihren Sohn halten musste, der unruhig hin und her zappelte.
„Soll ich dir helfen, die Stoffe abzuladen?"
„Die Stoffe sind leider nicht abholbereit gewesen. Sie kommen erst in zwei Tagen."
„Bedauerlich, aber da mein Vater ohnehin nicht hier ist, wird er sie wohl nicht vermissen", meinte William etwas sarkastisch. Helena entging dieser Tonfall nicht.
Sie versuchte mit einer Hand, das Pferd abzuzäumen, mit der anderen Hand, ihren Sohn zu halten, und drohte kläglich an ihrem Vorhaben zu scheitern.
„Soll ich dir helfen?", fragte William und trat plötzlich von hinten an Helena heran. Er nahm ihr die Zügel aus der Hand und berührte dabei ihre Hände.
Helena atmete tief durch und war erleichtert, als sie eine andere Dienstmagd kommen sah. Diese war bereit, ihr den Sohn abzunehmen, und verschwand mit ihm im Haus. Helena war wieder allein mit William, was ihr nicht behagte. Sie zäumten gemeinsam das Pferd ab und führten es in den Stall.
Der Stallmeister war nirgendwo zu sehen. „Ich habe ihm freigegeben", beantwortete William ihren

suchenden Blick. „Ich schätze, wir müssen jetzt aufräumen."

William half Helena, das schwere Zaumzeug auf den vorgesehenen Haken zu hängen.

Er strich Helena dabei über die Wange, die erschrocken zurückwich.

„Was soll das?", fragte sie.

„Nun, wir sind hier alleine. Es gibt Heu und Stroh. Niemand würde uns sehen."

Helena war geschockt. „Was fällt Euch ein!", schrie sie. „Denkt Ihr wirklich, dass ich so leicht zu haben bin? Denkt Ihr wirklich, dass ich mich geehrt fühle, wenn der feine Hausherr mit seiner Magd schlafen möchte? Der einzige Mann, der mich jemals wieder berühren darf, ist ein Mann, der mich liebt. Es verletzt mich, dass Ihr mich so abwertend behandelt."

Helenas Augen füllten sich mit Tränen. Sie lief, so schnell sie konnte, aus dem Stall.

William blieb zerknirscht zurück. Er wollte gar nicht mit Helena schlafen, sondern sie testen. Er wollte wissen, wie leicht sie zu haben war. Er brauchte eine Bestätigung, dass sie sich einer guten Partie nicht einfach hingeben würde. An ihren Tränen merkte er jedoch, dass er zu weit gegangen war, und es tat ihm leid. Er musste sich Gewissheit verschaffen, dass diese Frau Helena war, und beschloss, Lady Winters zum Abendessen einzuladen. Er bat seinen ersten Hausdiener, Helena freizugeben und Lady Isabella Winters an die Tafel einzuladen.

Kapitel 34

Isabella war überrascht, dass William sie zum Abendessen sehen wollte. Bisher war ihr der junge Mann aus dem Weg gegangen.

„Setzt Euch, Lady Winters“, bat William, dem erst jetzt auffiel, wie ähnlich Helena ihrer Mutter war.

Isabella nahm Platz und bedankte sich für die Einladung.

„Es tut mir leid, dass Euer Mann gestorben ist“, begann William das Gespräch.

„Er war sehr krank. Nun ist er von seiner Pein erlöst“, antwortete Isabella knapp.

„Ihr habt viel mitgemacht. Zuerst der Skandal mit Eurer Tochter und dann das Ableben Eures Mannes.“

Isabella warf William einen bösen Blick zu, der diesem nicht entging. Er wusste, dass er in ein Wespennest stach.

„Skandal ist nicht das richtige Wort“, betonte Isabella. Sie wollte nicht, dass jemand Helenas Ehre besudelte.

„Wie nennt Ihr es dann?“

„Ich werde nicht zulassen, dass man schlecht über meine Tochter redet. Sie kam als junges Mädchen an den Hof und traf dort auf das wohl gefürchtetste Königspaar, das es seit langem gab. Heinrich zwang sie, sich ihm zu unterwerfen, und Anne wollte sie töten, nachdem Helena ungewollt schwanger wurde. Mit Sicherheit hat sich Helena das nicht für sich gewünscht. Und ich schon gar nicht. Ihr verurteilt sie für das Geschehene. Nun ja, ich kann wohl nicht ändern, dass Ihr nichts mehr von ihr wissen wollt. Aber lasst Euch sagen, Ihr würdet von einer Brücke springen, wenn es der Befehl des Königs wäre, denn man kann ihm nicht entkommen. Wenn Ihr jemandem die Schuld für das Vorgefallene geben wollt, dann gebt sie mir, denn ich habe den Wunsch gehegt, Helena am Hof unterzubringen." William bemerkte, wie aufgebracht Isabella plötzlich war.

„Ich verurteile sie nicht, zumindest nicht mehr", beschwichtigte William und meinte es auch so. In Wahrheit fand er Helena immer interessanter und anziehender.

„Ich möchte, dass Ihr mir jetzt die Wahrheit sagt, Lady Winters", bat William, ehe er fortfuhr. „Ich war heute in der Nähe der alten Hütte und habe Euch gesehen, wie Ihr mit unserer jungen Magd Margret gelacht und geredet habt und wie vertraut Ihr miteinander ward. Ich möchte wissen, ob Margret in Wahrheit eure Tochter Helena ist."

Isabella war kreidebleich geworden. Sie versuchte ihre Gedanken zu ordnen. Was sollte sie ihm antworten? Was würde Edward wollen?

„Dass Ihr solange braucht, um eine Antwort zu geben, sagt schon alles", sagte William und unterbrach das unangenehme Schweigen.

„Ich bitte Euch um alles auf der Welt, dass Ihr es niemandem sagt", flehte Isabella. „Helena ist in großer Gefahr. Solange Königin Anne keinen Jungen zur Welt bringt, muss Helena im Verborgenen bleiben."

„Macht Euch keine Sorgen, Lady Winters. Was hätte ich davon Helena zu verraten? Von mir erfährt niemand etwas." William war enttäuscht, dass man ihm gegenüber so wenig Vertrauen hatte. Sogar sein eigener Vater enthielt ihm die Wahrheit. Es schmerzte ihn, dass sein Vater nicht an seine Loyalität glaubte. Darüber würde er mit ihm sprechen müssen.

„Helena hat mir gesagt, dass Ihr keine gute Meinung von ihr habt. Sie ist keine Hure, die sich jedem Mann hingibt. Was ihr passiert ist, wollte sie nicht. Bitte verurteilt sie nicht zu Unrecht", bat Isabella.

„Es tut mir leid, wenn ich mich ihr gegenüber unfair verhalten habe. Ich habe sie verletzt. Das hätte nicht passieren dürfen." William tat es wirklich leid, dass er Helena gekränkt hatte. Er kam sich wie ein Idiot vor. Erst jetzt begriff er, wie herablassend er sie behandelt hatte. Dabei war er doch in Wahrheit in sie verliebt. Wie konnte er sein Fehlverhalten wiedergutmachen?

Kapitel 35 – Hampton Court

„Wenn es dieses Mal kein Sohn wird, werden wir alles verlieren“, klagte Anne ihrem Bruder George. „Der König hat sich schon fast von mir abgewendet. Ich verliere ihn ganz, wenn ich wieder eine Fehlgeburt habe.“

Anne schritt unruhig in ihrem Zimmer auf und ab. George war ebenso besorgt. Es war ihm nicht entgangen, dass es zwischen dem König und seiner Schwester schlecht stand. Der König schien auch gar nicht so erfreut über die positive Nachricht, dass Anne wieder schwanger sei. Würde Anne einen Sohn gebären, würde das wahrscheinlich ihre Stellung sichern, aber der König würde sie trotzdem nicht mehr lieben. Es war eine Kluft zwischen ihnen aufgetreten, die man nicht mehr schließen konnte.

George hatte Gerüchte vernommen, dass der König Interesse an Jane Seymour zeigte. Sie war Annes Hofdame. George war sie nie besonders aufgefallen, denn sie war weder besonders hübsch noch irgendwie hervorstechend. Sie war sehr ruhig, aber vielleicht sehnte sich der König nach einer ruhigen Frau, denn Anne neigte in letzter Zeit vermehrt zu hysterischen Anfällen.

George bekam auch keine Gunstbezeugungen mehr vom König. Der Clan der Seymours nahm immer mehr Einfluss auf den König. „Anne, wir müssen es schaffen, unseren Platz am Hof zurückzubekommen. Du musst aufpassen, dass du dieses Kind nicht verlierst. Schlafe ausreichend und rege dich bitte nicht immer auf", bat George.

„Du hast leicht reden!", schrie Anne. „Du weißt gar nicht, wie ich mich fühle. Alle sägen an meinem Thron, sobald ich mich umdrehe, und sie denken, ich sehe nicht, wie die Kerben immer tiefer werden. Ich kann vor Angst kaum noch schlafen und die Sorge nimmt mir den Appetit." Anne schaute ins Leere.

„Konntest du Lady Winters finden?", fragte sie George.

„Ich habe Spione in den Norden geschickt, aber am Hof der Suttons beteuern alle, dass sich keine Helena dort aufhält. Vielleicht wurden sie alle zum Schweigen verpflichtet."

„Ich vertraue darauf, dass du sie von mir fernhältst."

„Beruhige dich Schwester. Niemand aus dem Norden kommt derzeit freiwillig an den Hof. Diese erbärmlichen Heuchler haben alle zu viel Angst, dass man sie zwingt den Suprematsakt zu unterzeichnen. Als ob ihr Fernbleiben sie davor schützen würde. Bald werden wir in den Norden ausschwärmen und sie zur Unterschrift zwingen. Darauf freue ich mich. Ich werde persönlich zu den Suttons reiten und wenn ich Helena finde, töte ich sie."

Kapitel 36 – Northumberland, Herbst 1535

Ein eisiger Luftzug wehte William ins Gesicht, als er vor der Hütte wartete.

Der Herbst zeigte sein raues Gesicht und ließ erahnen, dass auch der Winter hart werden würde.

Er drehte sich um, als er Hufgetrappel hörte. Es war Helena.

William half ihr beim Absteigen.

„Danke, dass du gekommen bist", sagte er. William hatte um eine Unterredung gebeten. Er wollte alle Ungereimtheiten aus dem Weg räumen. Es war an der Zeit sich auszusprechen. Helena hielt es für sicherer, dies abseits des Anwesens zu tun.

„Du kennst jetzt die Wahrheit. Es tut mir sehr leid, dass wir dich belogen haben. Aber es ging nicht nur um meine Sicherheit, sondern auch um die meines Sohnes."

Helena empfand es als eine große Erleichterung, dass William endlich wusste, wer sie war. Sie hatte die Lügen und Täuschungen satt. Sie hatte Angst vor diesem Treffen, denn sie kannte Williams Einstellung zu ihr, aber sie konnte ihm endlich ebenbürtig gegenübertreten.

„Ich weiß, dass du keine gute Meinung von mir hast, William. Ich kann dir nur sagen, dass ich mir über alles wünschen würde, zwischen mir und dem König wäre nie etwas geschehen. Was er mir angetan hat, kann ich nicht mit Worten fassen. Nachdem du jetzt die Wahrheit kennst, wirst du bestimmt wollen, dass meine Mutter und ich von hier verschwinden. Ich bitte dich dennoch inständig, dass wir noch bleiben dürfen, bis dein Vater zurückgekehrt ist. Ich werde mich auch weiterhin als Margret ausgeben und die Arbeit einer Magd erledigen, denn es sollte niemand sonst erfahren, wer ich bin. Dein Vater kennt bestimmt einen neuen Zufluchtsort für mich und er weiß, wie es am Hofe steht. Ob Anne noch immer eine Gefahr für mich ist. Also flehe ich dich an, lass mich noch eine Weile bleiben. Wenn du mir nicht helfen willst, dann wenigstens meinem Sohn. Lass ihn bleiben."

„Helena, ich habe dich nicht gebeten, hierherzukommen, um dir zu sagen, dass du gehen musst. Ich habe dich hierhergebeten, um mich bei dir zu entschuldigen."

Helena hob überrascht die Augenbrauen.

„Helena, ich war damals sehr enttäuscht von dir, weil ich mir meine eigene Geschichte zurechtgelegt hatte, was geschehen war. Ich war in meiner Jugend auch einmal eine Zeit am Hof. Ich war dabei, wie Anne Boleyn dem König die Augen verdrehte und in seiner Gunst immer höher stieg. Ich habe mit angesehen, wie Königin Katharina zurückgedrängt wurde und litt. Es war fast ein Krieg der Hofdamen unter sich, die Gunst des Königs zu erhalten. Leider hatte mich dieses Bild geprägt und ich dachte, bei dir wäre es nicht anders gewesen. Aber ich weiß, dass du anders bist.

Du hast dich hier wirklich tapfer geschlagen. Es

tut mir leid, dass ich dich anfangs so schlecht behandelt habe. Verzeih mir bitte, auch das, was im Stall passiert ist. Ich habe mich wirklich sehr dumm verhalten."

Ehe Helena etwas erwidern konnte, nahm William ihre Hände. Es überkam ihn ein schlechtes Gewissen, als er spürte, wie rau die Haut ihrer Hände war – mitgenommen von der Arbeit.

„Du bist eine wunderschöne und gebildete Frau. Ich würde dich gerne besser kennenlernen. Erzähl mir etwas über dein Leben. Wie war es, bevor du an den Hof kamst? Ich mache uns in der Hütte ein Feuer und dann will ich alles über dich in Erfahrung bringen."

Helena betrat mit William die Hütte und als das Feuer langsam den Raum erwärmte, entspannten sich die beiden. William erzählte Helena über seine Jugend, in der er einer strengen Ausbildung unterzogen wurde. Mehrmals musste er sein Zuhause verlassen, um woanders Erfahrungen zu sammeln. Er musste lernen zu kämpfen und bereit sein zu töten, denn man fürchtete einen Krieg. Bedrohungen gab es genug. Der König hatte oft genug Konflikte mit dem französischem König Franz oder dem Kaiser. Mal waren sie Verbündete, mal Feinde. Williams Vater wollte, dass sein Sohn gut vorbereitet war, falls er in den Kampf ziehen musste. William erzählte von seinen beiden Schwestern, die älter waren und schon längst vermählt in anderen Teilen des Landes lebten. William bat Helena aus ihrem Leben zu erzählen. Er erfuhr, dass sie in behüteten Verhältnissen aufwuchs und man dafür sorgte, dass sie eine gute Ausbildung bekam.

„Mutter wollte, dass ich mich auf die Ehe mit dir vorbereite. Deswegen hat sie mich an den Hof geschickt. Ich hatte mich auch darauf gefreut. Ich wusste nicht, dass ich in ein Spiel um Macht und Intrige geraten würde. Es war schlimm, was mir der König angetan hat."

William nickte. „Jetzt bist du hier. Du bist in Sicherheit. Die Klauen der Königin reichen nicht bis hierher", sagte er sanft. „Die Klauen reichen weiter als du denkst", widersprach Helena. „Sie ist gefährlich."

„Ich beschütze dich. Niemand soll dich jemals wieder dazu zwingen, etwas zu tun, was du nicht möchtest. Lass uns hier öfter ein Treffen veranstalten, auch wenn es heimlich sein muss."

Es war nicht immer leicht, sich fortzustehlen, aber Helena fand Momente, in denen sie sich mit William treffen konnte, und von Tag zu Tag wuchs die Zuneigung zwischen ihnen.

Bei ihrem fünften Treffen nahm William Helena in seine Arme. Sanft berührten seine Lippen die ihren. Helena durchfuhr eine angenehme Wärme. Sie öffnete ihren Mund und spürte Williams Zunge an ihrer. Williams Kuss war sanft und zärtlich und erst als er merkte, dass Helena sich mehr und mehr entspannte, wurde er fordernder.

„Wir können jetzt nach Hause reiten, oder ich

mache uns in der Hütte Feuer“, flüsterte William. „Ich überlasse diese Entscheidung dir. Du bestimmst den nächsten Schritt, Helena.“

„Willst du mich wirklich?“, fragte Helena unsicher. „Wie wird es dann weitergehen? Wer weiß, ob wir eine Zukunft haben?“

„Ich will dich wirklich. Wir werden einen gemeinsamen Weg finden. Das verspreche ich dir. Noch einmal nimmt dich mir niemand mehr weg.“

„Dann möchte ich gerne noch ein wenig in der Hütte bleiben“, sagte Helena und versuchte zu verhindern, dass William ihre zitternden Hände sah.

William entging nicht, dass Helena nervös war. Er machte Feuer und setzte sich neben sie. Er wollte sie nicht drängen, den nächsten Schritt zu wagen. Also plauderten sie und lachten über Helenas Erzählungen über das Leben als Magd. So erfuhr William erstmals mehr über sein Dienstpersonal.

Helena entspannte sich und die wohlige Wärme des Feuers stimmte sie immer mehr auf William ein.

William küsste Helena zunächst zärtlich, dann leidenschaftlicher. Als er merkte, wie Helena seine Leidenschaft erwiderte und ihren Körper gegen seinen drückte, begann er sie langsam zu entkleiden. Auch wenn seine Erregung ihn zu zerreißen drohte, so bemühte er sich, langsam und behutsam vorzugehen. Er wollte Helenas traumatische Erlebnisse nicht wachrufen. Helena spürte, wie William sich bemühte, sich zu zügeln. Das steigerte ihre Erregung und zum ersten Mal spürte sie, wie anders Liebe diesen Akt machte und ihr Körper vor Verlangen zu zucken begann.

Getrennt kehrten Helena und William nachhause zurück. Niemand durfte erfahren, was zwischen ihnen geschehen war. Eine außereheliche Beziehung zwischen William und einer scheinbaren Magd wäre nicht nur für das Dienstpersonal ein großer Skandal. Vorerst durften Williams Vater und Helenas Mutter nichts mitbekommen. Die Gefühle füreinander zu verbergen, würde eine schwere Aufgabe werden.

Kapitel 37 – London

Edward schauderte es, als er sich langsam auf den Tower zubewegte. Es war eine imposante Festung und es gelang dem Gebäude, was man von ihm wollte – es jagte Angst ein.

Lord Cromwell hatte Edward zu einer Unterredung in den Tower gebeten und Edward wusste zu gut, worum es ging und warum Cromwell gerade diesen Ort wählte.

Edward hasste Cromwell, wie fast alle Adeligen im Norden. Er brachte das Gift der Reformation in das Land.

Thomas Cromwell stammte aus einfachen Verhältnissen und schaffte es trotzdem, ganz hoch in der Gunst des Königs zu steigen und seine rechte Hand zu werden. Es waren Cromwells Leute, die auf Befehl des Königs durchs ganze Land reisten, um den Adeligen den Suprematseid abzunehmen. Wer sich weigerte, wurde schnell zum Verräter erklärt.

Natürlich hätte man sagen können, dass es dumm von Edward war, nach London zu kommen. Wäre er erst einmal dort, würde Cromwell darauf bestehen, dass auch er den Eid ablegte, der König Heinrich zum Oberhaupt der Kirche machen würde. Der Papst hatte die Rechtsgültigkeit der Scheidung zwischen König Heinrich und Katharina von Aragon nicht anerkannt. Sich selbst als Oberhaupt der Kirche zu bezeichnen, ebnete dem König diesbezüglich neue Möglichkeiten. Doch Edward ahnte, dass noch mehr dahintersteckte als Heinrichs Beziehungskonflikte, die diesen Eid heraufbeschworen. Der König benötigte Geld und dieses war in den kirchlichen Gütern und Ländereien zu finden. Als Oberhaupt der Kirche könnte er willkürlich darüber bestimmen.

In Cromwell hatte der König einen Mann gefunden, der seine Interessen durchsetzen konnte, wenn es sein musste mit roher Gewalt. Nach der Hinrichtung von Thomas Morus, der ein enger Freund und Berater des Königs war, wusste jeder, dass es keine Immunität mehr gab. Auch die Abstammung vom hohen Adel war kein Garant für Sicherheit und Anerkennung, denn Heinrich scharrte ohnehin lieber niedrigstämmige Emporkömmlinge um sich, die er mit Gütern, Titeln und Ländereien ausstattete, um sich deren Loyalität zu sichern.

Edward war angesehen im Norden. Er hegte gute Kontakte zum Graf von Northumberland und seine Hinrichtung würde die Gefahr von schweren Aufständen mit sich bringen. Das lag nicht im Interesse des Königs. Nicht weil er konfliktscheu war, vielmehr weil ihm das Geld für eine starke Armee fehlte. Also hoffte Edward, dass seine Rechnung aufgehen und er sein Vorhaben durchbringen würde.

Edward wurde zu Cromwell geführt.

„Setzt Euch“, forderte Cromwell Edward auf. „Darf ich Euch etwas zu trinken anbieten?“ Edward verneinte. Er war zwar durstig, doch er wollte gleich zur Sache kommen.

„Ihr wisst doch sicher, wie wichtig dem König die Unterstützung der Barone des Nordens ist, was die Suprematsakte anbelangt“, begann Cromwell ohne Umschweife. „Euer Graf, der Earl von Northumberland, versichert uns, ein treuer Diener des Königs zu sein, doch weit im Norden kann auch ein Mann wie er seine Gunstbezeugungen schnell vergessen. Vor allem wenn es Barone gibt, die versuchen, Einfluss auf ihn zu nehmen. Von allen Baronen des Nordens scheint man besonders von Eurer Meinung viel zu halten. Wie steht Ihr also zur Suprematsakte? Seid Ihr bereit, den Eid zu unterzeichnen?“

Wie bemüht höflich Cromwell seine Frage vortrug, wohlwissend, dass Edward ohnehin keine Wahl hatte.

Edward hatte sich auf diese gefährliche Mission eingelassen, jetzt galt es, sich einen Vorteil zu schaffen.

„Ich würde eine Ablegung des Supremateides in Erwägung ziehen“, begann Edward und versuchte dabei möglichst standhaft und selbstbewusst zu wirken. „Allerdings würde ich meine Unterschrift ungern abgeben, ohne eine Gegenleistung dafür zu erhalten.“

Edward hoffte inständig, dass Cromwell darauf eingehen würde.

„Ihr denkt, dass es der König nötig hat, Eure Unterschrift zu kaufen?“, fragte Cromwell mit zunehmend versteinerter Miene.

„Nein, ich sehe es eher als ein Zeichen seiner Anerkennung meiner Treue ihm gegenüber“, wandte Edward ein. „Eine Geste unter Freunden“, sandte er nach.

Cromwell schnaubte. „Und an was für eine Geste denkt Ihr dabei?“

„Ich möchte, dass mir die Ehe mit Lady Isabella Winters zugesprochen wird und mein Sohn eine Ehe seiner Wahl eingehen darf.“

Cromwell wirkte einen Moment verwirrt. Er hatte wohl an eine andere Gunsterweisung gedacht.

„Das ist es, was Ihr wollt? Ist das alles?“, bohrte er nach.

„Das ist alles“, gab Edward von sich.

„Nun“, begann Cromwell. Er wirkte sehr nachdenklich und verharrte einen Moment in Schweigen. Dann fuhr er fort: „Ihr müsst diese Frau sehr lieben, wenn Ihr bereit sein, Eure Integrität zu opfern, um sie zu heiraten. Ich werde dem König Eure Wünsche mitteilen, allerdings ist der Zeitpunkt etwas ungünstig. Mit seiner Ehe zu Königin Anne steht es nicht zum Besten, obwohl sie behauptet, dass sie wieder schwanger sei. Dem König derzeit einen Wunsch nach einer Liebesbeziehung entgegenzubringen, scheint mir etwas unpassend. Ihr werdet etwas Geduld brauchen. In der Zwischenzeit wird es Euch mit Sicherheit nichts ausmachen, hier im Tower Gast zu bleiben?“

Edward begriff, dass dies keine Bitte war. Cromwell würde ihn solange im Tower festhalten, bis er die Unterschrift für den Suprematseid bekam.

Kapitel 38 – Northumberland

Helena wurde Isabella als Hausmädchen zugeteilt. So konnte sie ungestört Zeit mit ihrer Tochter verbringen, ohne dass das Personal Verdacht schöpfte.

„Edward ist jetzt schon ziemlich lange fort", meinte Isabella besorgt. „Sein letztes Schreiben liegt auch schon länger zurück. Er hat mir darin mitgeteilt, dass er sich wegen einer wichtigen Angelegenheit mit Lord Cromwell treffen möchte. Sich mit diesem Mann zu treffen, halte ich für gefährlich. Er wird Edward dazu zwingen, den Suprematseid zu unterzeichnen."

„Als ich bei Königin Katharina war, habe ich mitbekommen, dass diesen Eid jeder unterzeichnet, dem sein Leben lieb ist. Die Suttons werden sich dem nicht entziehen können", meinte Helena.

Isabella hatte schon von schrecklichen Gräueltaten gegenüber jenen gehört, die sich weigerten den Eid zu unterzeichnen. Sie hatte Angst um Edward. Sie konnte sich nicht vorstellen, dass er freiwillig der Suprematsakte zustimmen würde. Was wollte er nur von Cromwell? Warum traf er sich mit seinem Feind? Er verabscheute ihn. Hoffentlich machte er keine Dummheiten. Helena entgingen die Sorgen ihrer Mutter nicht. Auch sie verstand nicht, warum Lord Sutton nach London aufgebrochen war.

William hatte sich in der Zwischenzeit zu den Damen gesellt. Er hatte einen Teil des Gespräches mitbekommen. Auch er war sehr beunruhigt, dass von seinem Vater keine Nachricht kam.

Er erwog es schon, selbst nach London zu reiten, um seinen Vater zu suchen. Allerdings würde ihm dort wohl der sichere Tod drohen, falls sein Vater den Suprematseid nicht unterzeichnet hätte.

„Vielleicht sollten wir einen Boten nach London schicken. Wir haben ein Haus in der Stadt. Vielleicht weiß unser dortiges Dienstpersonal etwas“, meinte William. Die Suttons hatten schon vor langer Zeit ein Stadthaus geerbt. Sie bevorzugten es, dort zu wohnen, wenn sie an den Hof eingeladen waren.

Isabella schauderte es. Sie hatte große Angst, die Liebe ihres Lebens zu verlieren. Sie kämpfte damit, ihre Tränen zurückzuhalten, aber William entging Isabellas Zustand nicht.

„Ich weiß, dass Ihr meinen Vater liebt“, sprach William sie an und übersah dabei Helenas überraschten Gesichtsausdruck nicht.

Helena wurde plötzlich wütend. Sie stand auf und wollte den Raum verlassen, als William sie zurückhielt.

„Helena“, rief er. „Warte! Wir haben uns doch entschieden, das Lügen zu beenden. Das muss auch für deine Mutter und meinen Vater gelten. Ich möchte in Zukunft mit offenen Karten spielen.“

„Helena“, mischte sich nun Isabella ein. „Ich wollte es dir sagen, aber ich fand noch nicht den richtigen Zeitpunkt dafür.“

„Mutter!“, schelte Helena. „Du bist noch im Trauerjahr. Wie konntest du dich so schnell in einen anderen Mann verlieben! Hat dir mein Vater nichts bedeutet?“

„Helena, ich habe deinen Vater geheiratet, weil man das von mir verlangt hatte, und ich habe im Laufe der Zeit gelernt, ihn auf eine bestimmte Art zu lieben. Aber mein Herz hat schon mein ganzes Leben Edward gehört. Ich habe ihn immer schon geliebt.“

„Dann hast du Vater mit ihm betrogen?“, fragte Helena erbost.

„Nein, so war es nicht. Erst als dein Vater sehr krank war, habe ich Edwards Liebe erwidert.“

„Du hast mit Lord Sutton geschlafen, während mein Vater im Sterben lag? Weißt du, wozu dich das macht?“

„Helena, wage es nicht, so mit mir zu sprechen“, mahnte Isabella, die nun völlig außer sich war.

„Beruhigt euch, meine Damen“, mischte sich nun William ein. „Helena, ich habe am Anfang auch so gedacht wie du. Und du weißt auch, was ich über dich gedacht habe, bevor ich dich richtig kannte. Manchmal sind Gedanken falsch. Mein Gefühl sagt mir, dass deine Mutter und mein Vater sich lieben. Willst du nicht, dass sie glücklich sind?“

„Schön, dass es sich alle so richten können, wie sie wollen. Nur mir bleiben alle Wege versperrt. Ich hasse Königin Anne. Sie zerstörte mein Leben. Vielleicht hätte ich zum König gehen und ihm seinen Sohn präsentieren sollen. Er hatte doch schon einmal eine Mätresse, deren Bastard er als legitim erklärte. Er bekam sogar ein Recht in der Thronfolge. Es war sein Pech, dass er gestorben ist.“

Isabella und William sahen Helena gleichermaßen entsetzt an.

„Es stimmt, dass der König einen seiner Bastarde mit hohen Ehren ausgestattet hatte“, begann Isabella. „Aber er wurde seiner Mutter weggenommen und bekam einen eigenen Haushalt, in dem er ohne das Beisein seiner Mutter verstarb. Es mag sein, dass es sich dabei um einen natürlichen Tod gehandelt hat, aber dein Sohn würde ebenfalls nicht alt werden. Königin Anne würde alles unternehmen, um ihn zu vernichten, wenn es sein müsste auch mit Gift. Wenn du alles riskieren möchtest, um am Ende alles zu verlieren, dann solltest du zum König gehen.“

Isabella kränkte es, dass Helena ihr das Glück mit Edward neidete.

„Helena, können wir uns unter vier Augen unterhalten?“, bat William. Helena folgte ihm in einen Nebenraum.

„Ich dachte, wir hätten Gefühle füreinander“, begann er. „Ich dachte, du würdest das Gleiche für mich empfinden, wie ich für dich. Sag mir bitte nicht, dass ich mich in dir getäuscht habe. Du meinst es doch nicht ernst, dass du zum König gehen möchtest?“

Helena begann zu weinen. „Nein“, schluchzte sie. „Ich war nur gerade so wütend. Ich möchte ein freies Leben führen können. Ich will Helena sein und nicht eine Dienstmagd ohne Rechte. Ich möchte meine Liebe zu dir offen zeigen können und die Hoffnung haben, dich heiraten zu dürfen. Eben war ich so eifersüchtig auf meine Mutter, weil sie diese Freiheit hat und sie dafür gesorgt hat, dass ich meine verlor, dadurch, dass sie mich an den Hof sandte. Es tut mir leid, William. Ich liebe dich so sehr, dass es weh tut."

William nahm Helena in seine Arme und streichelte sie zärtlich. „Es wird alles gut werden", flüsterte er ihr ins Ohr. Dann küsste er sie, zuerst sanft, dann leidenschaftlich. Helena zerrte an seinem Gewand. Sie wollte ihn spüren. Sie brauchte jetzt seine Nähe, seine Zärtlichkeit. Sie wollte seine nackte Haut spüren und wie er in sie eindrang und sich mit ihr vereinte. William musste nicht davon überzeugt werden. Er spürte Helenas Erregung und konnte auch seine nicht mehr zügeln. Er war längst besessen von ihr.

Kapitel 39

Helena hatte sich bei ihrer Mutter entschuldigt. Sie sprachen sich aus und versöhnten sich wieder.

Seit zwei Tagen schneite es nun schon fast ununterbrochen und die Wege schienen fast unpassierbar. Dennoch näherte sich ein einzelner Reiter dem Anwesen.

„Lord Sutton ist zurück!", hörten die Damen das Dienstpersonal rufen. Sie stürzten sich in die Vorhalle, um ihn zu empfangen.

Isabella fiel sofort auf, dass Edward abgenommen hatte. Sie wäre gerne in seine Arme gestürzt, doch sie wollte nicht die Aufmerksamkeit des Dienstpersonals auf sich ziehen. Auch Helena hielt sich im Hintergrund zurück. Isabella hörte wie Edward dem Dienstpersonal Befehle erteilte. Er wollte offenbar mit ihr und seinem Sohn William ein ungestörtes Gespräch im Schreibzimmer führen.

„Vater, wir sind so froh, dass du wieder da bist", begann William. „Wir hatten uns schon große Sorgen um dich gemacht. Wo warst du so lange?"

„Im Tower", antwortete Edward.

„Im Tower?", fragte Isabella. Sie war ganz bleich geworden.

„Nicht nur, aber zumindest eine Zeit lang. Es gibt einige Neuigkeiten, von denen ich euch berichten möchte, und es betrifft euch beide. Ich war mir bewusst, dass man mich zwingen würde, den Suprematseid zu leisten, wenn ich mich nach London begebe. In diesem Bewusstsein habe ich mich auch in die Höhle des Löwen gewagt, denn ich wollte im Gegenzug zur Eidablegung auch für uns einen Vorteil herausholen. Ich habe gefordert, dass William frei entscheiden darf, wen er heiraten möchte, und ich habe den König gebeten, dass ich Isabella anstelle von Lord Efferton ehelichen darf."

Isabella hörte wie Edward durchatmete. Sie beobachtete, wie sein Blick zu seinem Sohn ging. Offenbar erwartete er eine trotzige Reaktion, aber William lächelte. Das schien Edward zu verwirren.

„Das ist wunderbar!", rief Isabella aus. „Ja, das klingt wirklich gut", fügte nun auch William hinzu und in seiner Stimme war kein Groll zu vernehmen.

„Ist mir etwas entgangen, als ich fort war?", fragte Edward skeptisch.

„Nun, ja", begann Isabella. „William kennt in der Zwischenzeit die Wahrheit über Helena. Damit das Dienstpersonal keinen Verdacht schöpft, gibt sie sich zwar immer noch als Magd aus, aber William ist jetzt eingeweiht."

„Wir müssen immer noch vorsichtig sein", mahnte Edward. „Ich bekam von Lady Katharina eine Warnung, dass Anne und ihr Bruder wissen, dass sich Helena hier aufhält. Königin Anne erwartet wieder ein Kind, obwohl manche starke Zweifel daran haben. Der König ist ungeduldig. Er hat seine Augen schon einer anderen Dame zugewandt. Sie heißt Jane Seymour. Sie selbst ist eigentlich recht unscheinbar. Es ist nicht ganz verständlich, was der König an ihr findet. Sie sei charakterlich das Gegenteil von Anne. Er wird alles tun, um Anne loszuwerden, wenn sie ihn abermals enttäuscht. Hoffen wir, dass sie einen gesunden Sohn gebärt. Vielleicht streckt sie dann nicht mehr ihre Hand nach Helena aus. Ich denke, dass der König eine Scheidung von Anne anstreben wird, aber rechtmäßig wird das sicher schwierig für ihn. Die nächsten Monate sind kritisch. Solange wir nicht wissen, wie es weitergeht, muss sich Helena im Verborgenen halten."

„Das wird sie auf die Dauer nicht mitmachen", wandte William ein. Es war schwierig Momente zu finden, in denen er mit Helena alleine sein konnte, und dann mussten sie auf der Hut sein. William war dieses Versteckspiel genauso leid wie Helena.

„Hast du deine Meinung über Helena geändert?", fragte Edward verwundert.

„Es ist einfach für alle schwierig. Man muss ständig aufpassen, dass man sich nicht verplappert", antwortete William.

„Du könntest mir einen Gefallen tun und Helena die Neuigkeiten überbringen. Ich würde jetzt gerne mit Isabella unter vier Augen sprechen."

Kaum hatte William das Zimmer verlassen, stürzte Isabella in Edwards Arme.

„Ich habe dich so vermisst", flüsterte sie ihm ins Ohr. Edward durchfuhr ein warmer Schauer, als sich Isabella an ihn drückte. Er hatte sie auch vermisst. Er sehnte sich nach der Berührung ihrer Hände, ihrer zarten Haut und ihren nach mehr verlangenden Küssen.

„Ich liebe dich, Isabella", sagte er. „Möchtest du

meine Frau werden?“

„Ja, nichts würde ich mir mehr wünschen.“ Edward erwiderte Isabellas Antwort mit einem leidenschaftlichen Kuss. Dann begann er sie zu entkleiden. Er konnte es nicht mehr abwarten, sie zu berühren. Er spürte ihr Verlangen, das sich mit seinem immer mehr steigerte. Er setzte sie auf seinen Tisch im Arbeitszimmer und drückte sie zärtlich nach hinten. Dann drang er in sie ein. Isabelle stöhnte auf. Immer tiefer drang er in sie vor, bis sie ihren Höhepunkt erreichten.

„Ich bin erleichtert, dass William jetzt eingeweiht ist“, begann Edward anschließend ein Gespräch. „Es fiel mir nicht leicht ihn zu belügen. Ich war überrascht, dass er unser Verhältnis so leicht akzeptierte.“

„Er ist eben ein anständiger junger Mann. Er hat auch Helena verziehen. Die beiden behandeln sich respektvoll.“

„Freut mich, das zu hören. Es ist sicher nicht einfach für die beiden, im gleichen Haushalt zu leben.“

„Wir müssen hier eine bessere Lösung finden“, meinte Isabella.

„Ja, ich werde mir etwas ausdenken.“

Kapitel 40

Obwohl Edward und Isabella eine Einladung hatten, zu Weihnachten an den Hof zu kommen, kamen sie dieser nicht nach.

Isabella hatte ihr Trauerjahr als Ausrede und Edward täuschte eine schwere Verkühlung vor. Er hatte keine Lust, dem König gegenüberzutreten. Es war für ihn Demütigung genug, dass er den Suprematseid unterzeichnen musste, auch wenn er es aus Liebe getan hatte.

Als Edward bemerkte, dass William Helena zu viel Aufmerksamkeit schenkte, ließ er ihn an seiner statt nach London aufbrechen.

William war überhaupt nicht gewillt, den Anweisungen seines Vaters zu folgen.

„Der König könnte es als Argwohn auffassen, wenn keiner von uns beiden zu den Feierlichkeiten erscheint", mahnte Edward seinen Sohn. „Du musst lernen, deinen Repräsentationsaufgaben nachzukommen. Heinrich wird noch lange unser König sein, ob wir das nun wollen oder nicht. Wir brauchen sein Wohlwollen und das erfordert nun einmal Opfer."

William musste an Helena denken. Um den König nicht zu verärgern, gab sie sich ihm hin, aber von seinem Wohlwollen hatte sie bisher wenig gespürt.

„Es ist auch wichtig, dass du Kontakte knüpfst. Wir wissen nicht, wie sich alles weiterentwickeln wird. Du brauchst Freunde und es ist eine gute Schule, den Hof zu besuchen, denn nirgendwo lernt man besser, Freund vom Feind zu unterscheiden. Außerdem musst du eine Frau kennenlernen. Es gibt unter den derzeitigen Umständen keine Zukunft für dich und Helena. Solange Anne Königin ist – egal ob sie einen Thronerben gebärt oder nicht –, wird sie für Helena eine Gefahr sein. Sie wird versuchen zu verhindern, dass der König von seinem Bastard erfährt."

William schnaubte. „Du hast für mich das Recht auf eine freie Brautwahl erwirkt", betonte er.

„Das habe ich, aber es kann nicht Helena sein!"

„Hast du mich deshalb belogen? Du hättest mich von Anfang an einweihen sollen, wer sie ist. Denkst du wirklich, ich hätte sie verraten? Dein Verhalten hat mich sehr enttäuscht. Wie lange willst du sie noch so schäbig behandeln? Sie ist keine Magd!", provozierte William seinen Vater.

„Halte dich zurück!", warnte Edward. „Ich versuche Helena und ihrem Sohn das Leben zu retten. Es tut mir leid, wenn sie dafür Unannehmlichkeiten auf sich nehmen muss. Im Frühjahr werde ich Kontakt zu Freunden in Frankreich aufnehmen. Ich halte es für besser, Helena außer Landes zu bringen."

William sah seinen Vater erbost an. „Ich nehme nicht an, dass du schon mit Helena darüber gesprochen hast? Du maßt es dir an, über sie zu bestimmen. Das ist nicht dein Recht."

„Wenn du eine bessere Idee hast, kannst du sie mir gerne bekannt geben", forderte Edward seinen Sohn auf.

„Ich breche jetzt ganz nach deinem Wunsch nach

London auf. Schließlich weißt du ja genau, was für uns alle das Beste ist“, gab William zynisch von sich.

Edward setzt sich an sein Schreibpult und stützte den Kopf in seine Hände, nachdem William fort war. Er schüttelte verzweifelt den Kopf. Wie würde das alles weitergehen?

Kapitel 41

Helena war sehr enttäuscht, als sie von Edward hörte, dass William wohl ein paar Wochen am Hofe bleiben würde. Sie hatte sehr gehofft, er würde nach den Feiertagen zurückkehren.

Es war ihr nicht entgangen, dass Edward ihren Umgang mit seinem Sohn aufgrund der angespannten Lage nicht begrüßte.

Sie schlief und träumte schlecht und hatte große Angst, dass William am Hof eine andere Frau kennenlernen würde. Wie groß die Gefahr dafür war, wusste sie selbst nur zu gut.

Mitte Jänner traf ein Brief von William ein, der Edward und Isabella in Aufruhr versetzte, doch Helena erfuhr erst zu später Stunde von ihrer Mutter, was geschehen war.

„Katharina ist tot“, begann sie. „Sie starb am siebten Jänner.“

Helena brach unmittelbar in Tränen aus. Sie hatte das Gefühl, eine enge Freundin verloren zu haben.

„Oh mein Gott“, rief sie. „Die arme Königin. Sie war eine so wunderbare Frau. Sie hatte so viel Anmut und Würde. Nach allem, was der König ihr angetan hatte, sprach sie nie ein schlechtes Wort über ihn. Sie hatte ihn über alles geliebt und er hatte sie so sehr verletzt. Hoffentlich konnte sie sich von ihrer Tochter verabschieden.“

Isabella schüttelte verneinend den Kopf. „Sie hat Mary nicht mehr wiedergesehen.“

Helena weinte noch mehr, als sie das hörte. Es

war Katharinas innigster Wunsch, noch einmal ihre Tochter zu sehen, doch der König weigerte sich strikt dieser Bitte nachzukommen.

Helena fragte sich, wie man nur so grausam sein konnte. Immerhin hatte der König Katharina einmal geliebt, oder war es von Anfang an nur eine Lüge?

Im Brief stand, dass Katharina sehr krank gewesen wäre. Sie lebte am Ende in verarmten Verhältnissen, weil der König ihren Haushalt nicht mehr finanzierte. Er wollte sie endgültig fertig machen. Katharina starb an einer Krankheit, aber für Helena starb sie am gebrochenen Herzen.

„Wir sollten eine Messe für Katharina lesen lassen. Im Haus gibt es eine kleine Kapelle. Es würde Katharina freuen, zu wissen, dass es noch viele Menschen gibt, die in Liebe an sie denken“, meinte Helena und ihre Mutter nickte zustimmend. Sie war Katharina sehr dankbar, dass sie sich damals ihrer Tochter annahm.

„Dann wird diese Hexe Anne wohl erleichtert sein. Jetzt kann ihre Position niemand mehr infrage stellen. Der König bräuchte schon einen guten Vorwand, um sich von Anne zu trennen. Vor allem, wenn sie tatsächlich einen Sohn gebären würde. Aber auch sonst wäre es schwierig. Allerdings könnte den König niemand davon abhalten, sich eine neue Mätresse zu suchen. Warum soll es Anne anders gehen als Katharina? Ich würde ihr diese Demütigung gönnen“, meinte Isabella.

„Ich wünsche mir jedenfalls, dass sie einen Sohn

gebärt. Dann wird sie mich hoffentlich in Ruhe lassen“, hoffte Helena.

„Edward glaubt das eher nicht. Er denkt, dass es besser für dich wäre, England zu verlassen. Vielleicht könnte er dich bei Bekannten in Frankreich unterbringen“, meinte Isabella.

Helena erschrak. „Was?“, schrie sie. „Das kommt überhaupt nicht infrage! Ich verlasse England nicht. Mutter, das kannst du doch nicht wirklich für mich wollen. Es muss einen anderen Weg geben.“

Isabella beschloss, ihre Tochter nicht noch mehr aufzuwühlen. Sie wollte wirklich nicht, dass Helena England verlassen musste.

„Lass uns beten, dass alles gut wird und für die verstorbene Königin Katharina, die einzig würdige Königin.“

Die Stimmung war nach Katharinas Tod getrübt, doch noch schlimmer waren die Nachrichten, die William mitbrachte, als er im Februar endlich nach Hause zurückgekehrte. Königin Anne hatte erneut eine Fehlgeburt.

Kapitel 42 – Northumberland, März 1536

Helena schmiegte sich an William. Sie genoss seine Wärme und fühlte sich in seinen Armen geborgen. Es fühlte sich so richtig an, bei ihm zu sein. Falsch war es, dass all diese Treffen heimlich stattfinden mussten, in der kleinen Hütte, die um diese Jahreszeit so kalt war. Es war falsch, dass es ihr nicht erlaubt war, mit William glücklich zu sein. Dabei wäre genau dieser Weg für sie vorgesehen gewesen.

„Was beschäftigt dich?“, fragte William, der bemerkte, dass Helena abwesend war.

„Was wird die Königin nun machen? Wird sie erneut versuchen schwanger zu werden? Wann wird es endlich so weit sein, dass wir vor ihr Frieden finden?“, fragte Helena.

„Ich weiß es nicht“, antwortete William. „Ich weiß nur, dass der König von seiner Frau schwer enttäuscht ist. Seine Liebe zu Anne ist tot. Am liebsten möchte er sie loswerden. Er möchte Jane Seymour. Ihre mächtige Verwandtschaft drängt sich bereits an den Hof. Sie wollen natürlich nicht, dass Jane nur seine Mätresse wird. Sie streben nach Höherem. Noch hat Jane keine offizielle Position und schon bezieht ihre Verwandtschaft größte Gunsterweisungen vom König. Anne ist außer sich. Sie hat wieder ein Kind verloren und nun droht ihr der Verlust der Krone. Wäre sie nicht so eine Hexe, müsste sie einem fast leidtun. Ich möchte jedenfalls nicht in ihrer Haut stecken.“

„Aber der König kann sich nicht einfach von

Anne scheiden lassen. Mit welcher Begründung könnte er das machen? Bei Katharina war sein Argument, dass sie ursprünglich die Frau seines Bruders war. Was sollte er gegen Anne vorbringen? Es ist doch kein Scheidungsgrund, wenn man keine Söhne gebären kann, und Unfruchtbarkeit kann er Anne auch nicht vorwerfen, schließlich hat sie dem König eine gesunde Tochter geschenkt", meinte Helena.

„Ich denke, er hat gar nicht vor, sich scheiden zu lassen. Er wird mit seiner neuen Flamme einen Sohn zeugen und diesen als legitimen Sohn anerkennen. Es wäre ja nicht das erste Mal, dass er so vorginge."

Helena erinnerte sich an die Geschichte von Bessie Blount. Katharina war damals die Königin, die mit ansehen musste, wie der König mit einer Mätresse einen gesunden Sohn zeugte. Sie ertrug es mit Würde, aber als der König seinen Sohn für legitim erklärte und Katharinas Tochter ihm nachgestellt wurde, ging auch ihr das zu weit. Sie versuchte sich intensiv für die Rechte ihrer Tochter einzusetzen. Aber der König war der Meinung, dass eine Frau keine gute Wahl für seine Thronnachfolge war.

Die Hütte war für William und Helena ein guter Ort für ihre heimlichen Treffen geworden. Das dachten sie zumindest, aber es war weder Edward noch Isabella entgangen, dass ihre beiden Kinder sich immer mehr Zuneigung entgegenbrachten. Das beunruhigte Edward, der nach der erneuten Fehlgeburt der Königin Helena noch mehr in Gefahr wähnte.

Er hatte mitbekommen, dass William und Helena sich heimlich in der Hütte trafen. Das konnte er nicht zulassen. Also war er den beiden dieses Mal gefolgt. Als er unangemeldet die Hütte betrat, fand er Helena und William im Bett vor.

William machte ein bestürztes Gesicht, als er seinen Vater sah, und Helena versuchte ihr Gesicht unter der Decke zu verbergen.

„Zieht euch sofort an!“, forderte Edward die beiden auf. „Ich warte solange draußen.“

„Was machen wir jetzt?“, fragte Helena.

„Mach dir keine Sorgen. Wir lassen uns nicht verbieten, uns zu lieben. Lass uns aufstehen und mit Vater sprechen.“

„Was denkt ihr euch eigentlich dabei? Ihr seid nicht verheiratet, werdet es in Anbetracht der Umstände wahrscheinlich nie sein und verhaltet euch wie ein Ehepaar? William, ich bin wirklich enttäuscht von dir. Ich hätte dir mehr Anstand zugetraut, und Helena, langsam fange ich an, an deiner Tugendhaftigkeit zu zweifeln.“

William wollte gerade ansetzen, etwas zu sagen, als Helena ihm ins Wort fiel.

„Ihr redet über Anstand und habt mit meiner Mutter geschlafen, als mein Vater im Sterben lag?“, fragte sie frech. Edward war einen Moment sprachlos. Helenas Vorwurf war berechtigt, aber die Situation konnte man nicht vergleichen.

„Helena“, versuchte Edward die Situation unter Kontrolle zu bringen. „Die Königin trachtet dir nach dem Leben. William kann dich nicht heiraten, ohne deine Identität preiszugeben. Willst du dich und deinen Sohn in Gefahr bringen?“

„Wir lassen uns unser Glück nicht zerstören, Vater“, warf nun auch William ein. „Es tut mir leid, dass du gegen diese Beziehung bist, aber ich werde mich nicht von Helena trennen.“

„Ich habe schon mit Isabella gesprochen. Wir werden Helena eine Zeit nach Frankreich schicken. Es ist das Beste für alle“, betonte Edward.

„Nein!“, schrie William. „Dann gehe ich mit ihr!“

„William, sei vernünftig. Du wirst hierbleiben! Helena wird alleine gehen!“

„Ich kann hier nicht weggehen“, sagte Helena. „Ich erwarte ein Kind. Ich habe es William noch nicht gesagt, weil ich nicht wollte, dass er sich mir gegenüber verpflichtet fühlt. Ich möchte nicht, dass mein zweites Kind auch ohne Vater aufwächst.“

Edward war bestürzt und William überrascht. Helena konnte aus seinem Gesichtsausdruck nicht ableiten, ob er nun erfreut oder entsetzt war.

„Ist das die Wahrheit, oder sagst du das jetzt nur, weil du verhindern möchtest, dass wir dich nach Frankreich bringen?“, fragte Edward nach.

„Das ist die Wahrheit!“

Kapitel 43

Isabella, Edward, Helena und William saßen gemeinsam am Tisch. Keiner wusste so recht, wie es nun weitergehen sollte.

„Wir werden dem Dienstpersonal nicht die Wahrheit sagen", beschloss Edward. „Helena soll weiterhin Margret sein, aber wir werden sagen, dass William sie geschwängert hat und aus diesem Grund heiraten wird. So können wir ihre Tarnung weiter aufrechterhalten. Auf William wird das zwar kein gutes Licht werfen, aber wir haben keine andere Wahl. Margret würde durch die Heirat natürlich nicht mehr als Dienstmagd arbeiten müssen. In den Augen des Dienstpersonals würde sie sozial aufsteigen. Was haltet ihr davon?"

„Ich bin damit einverstanden", sagte William. „Es ist mir egal, wie andere über mich denken. Mir ist es nur wichtig, dass Helena hierbleiben kann. Ich liebe sie." William nahm Helenas Hand und fragte sie: „Helena, wärst du bereit meine Frau zu werden, eventuell auch unter einem anderen Namen?"

„Lieber würde ich dich als Helena heiraten, aber wenn es nicht anders geht, dann heirate ich dich eben als Margret. Ich habe mich schon an diesen Namen gewöhnt."

„Wir warten aber, bis das Turnier in Greenwich vorüber ist. Der König hat uns am ersten Mai zu diesem Turnier eingeladen. William muss daran teilnehmen. Isabella und ich werden auch dort sein. Helena muss hierbleiben."

„Mir gefällt das alles nicht“, meinte Isabella. „Aber ich sehe ein, dass es aktuell keinen anderen Weg gibt. Ich finde es ungeheuerlich, dass der König im Jahr des Todes von Katharina und nach Annes erneuter Fehlgeburt schon wieder ein Turnier veranstalten möchte. Er hat jedenfalls nicht vor, lange zu trauern.“

„Am liebsten würde ich gegen den König reiten und ihn ein für alle Mal aus dem Sattel heben“, meinte William.

„Zügle dein Temperament, William. Ich hoffe, dass du nicht gegen ihn antreten musst. Falls doch, dann halte dich unter Kontrolle“, mahnte Edward.

Helena jagte es Angst ein, dass William erneut an den Hof zurückkehren musste. Es behagte auch ihr nicht, dass er am Turnier teilnehmen würde. Die Verletzungsgefahr war nicht zu unterschätzen. Helena war traurig, dass sie William nicht begleiten konnte. Gerne wäre sie die Frau an seiner Seite gewesen.

„Bitte höre auf deinen Vater und provoziere den König nicht“, bat Helena William, als sie mit ihm alleine war.

„Mach dir keine Sorgen. Wahrscheinlich habe ich nicht das Glück, gegen ihn antreten zu dürfen.“ William zwinkerte.

„Bist du wütend, dass ich schwanger bin und dir nicht sofort davon erzählt habe?“ Helena hatte diesbezüglich ein schlechtes Gewissen.

„Nein, das bin ich ganz sicher nicht. Ich hätte damit rechnen müssen, dass das passiert. Ich freue mich auf ein gemeinsames Kind mit dir. Trotzdem hätte ich dich nicht in diese Lage bringen dürfen. Wir sind nicht verheiratet. Ich habe Angst, dass das Personal schlecht über dich denken wird."

„Das macht mir nichts aus", beteuerte Helena.

„Ich liebe dich und werde gut für dich sorgen." William nahm Helena in seine Arme.

Kapitel 44 – London Greenwich, 1. Mai 1536

Edward und Isabella hatten einen Logenplatz in unmittelbarer Nähe zum König bekommen. Sie waren erleichtert, dass der König nicht vorhatte, gegen William anzutreten. Edward bemerkte, wie ernst der König wirkte. Der Glanz seiner Jugend war erloschen. Die Kämpfe der Vergangenheit, ob nun gegen andere Herrscher oder die Feinde im eigenen Land, hatten Spuren hinterlassen. Sie hatten ihn gezeichnet.

Isabella wollte Edward nicht zum Turnier nach Greenwich begleiten. Sie hatte kein großes Bedürfnis, dem König entgegenzutreten, aber Edward beharrte darauf, dass sie mitkam.

Im Nachhinein stellte es sich als gute Entscheidung heraus, denn der König gab Edward und ihr nun offiziell den Segen, heiraten zu dürfen. Zumindest ihrem Glück würde sich nichts mehr in den Weg stellen. Aber Isabella sorgte sich um ihre Tochter.

Isabella beobachtete die Königin. Anne wirkte blass und müde. Die letzte Fehlgeburt hatte sie gezeichnet. Das schöne Kleid, das sie trug, vermochte sie nicht mehr zum Glänzen zu bringen. Der König schien sichtlich genervt in ihrer Anwesenheit.

Endlich war William an der Reihe. Er verneigte sich vor dem Königspaar, ehe er Aufstellung einnahm, um gegen seinen Gegner zu reiten. William war zwar etwas aus der Übung, aber er traf seinen Gegner mit der Lanze am Kopf und hob ihn aus dem Sattel. Er fasste Mut und so schlug er sich auch im weiteren Wettkampf recht erfolgreich.

In der Pause trat in der Loge des Königs Unruhe auf. Edward beobachtete, dass man Heinrich Nachrichten überbrachte, und an seinem Gesichtsausdruck war abzulesen, dass es keine guten waren.

Dann passierte etwas, womit keiner gerechnet hatte. Der König verließ das Turnier. Niemand wusste warum, selbst die Königin blieb ratlos zurück. Irgendetwas Schreckliches musste vorgefallen sein. Eine allgemeine Unruhe machte sich breit.

„Was mag da wohl vor sich gehen?“, fragte Isabella besorgt.

„Wir sollten das Turnier verlassen und in unser Stadthaus zurückkehren. Ich werde versuchen, etwas herauszufinden“, antwortete Edward.

Kapitel 45 – 2. Mai 1536

Isabella wartete ungeduldig auf die Rückkehr von Edward, der an den Hof geritten war, um mehr in Erfahrung zu bringen.

William war bei ihr geblieben. Sie waren beide sehr nervös. William befürchtete eine Kriegserklärung und dass er nun möglicherweise für den König in den Kampf ziehen musste. Auch Isabella hatte ähnliche Bedenken. Würde es Krieg geben, wäre auch Edward dazu verpflichtet für den König zu kämpfen. Jetzt waren sie gerade ihrem gemeinsamen Glück wieder einen Schritt nähergekommen, und schon schien es erneut zerstört zu werden.

Edward hatte den Hof noch nie in so einer Stimmung erlebt. Es herrschte ein Ausnahmezustand. Normalerweise gab es immer eine große Ansammlung von Menschen am Hof, aber heute schien alles anders zu sein. Es war unheimlich ruhig und die normale übliche Geschwätzigkeit hatte der Stille Platz gemacht.

Edward sah sich um und fand schließlich seinen alten Freund Lord Whitmore. Dieser freute sich, Edward zu sehen, und zog ihn gleich in eine Ecke. „Edward, es freut mich immer dich zu sehen. Allerdings hätte ich mir andere Umstände gewünscht. Hast du schon die schrecklichen Nachrichten gehört?“

„Nein, ich weiß leider überhaupt nicht, was vor sich geht. Deswegen bin ich hierhergekommen.“

„Die Königin wurde verhaftet!“, wusste Lord Whitmore.

Edward war sprachlos. Er hätte mit etwas ganz anderem gerechnet.

„Warum?“

„Die Anklage lautet Ehebruch und Inzucht. Man wirft der Königin ein Verhältnis mit mehreren Höflingen vor und scheinbar hat sie auch ein Verhältnis zu ihrem Bruder.“

„Das glaube ich nicht“, warf Edward ein. „Die Königin wäre doch wahnsinnig, so etwas zu tun.“

„Scheinbar gab es Zeugen und es gibt auch ein Geständnis von einem Höfling“, sagte Lord Whitmore.

Edward schnaubte. „Der König möchte seine Königin loswerden, um eine andere zu heiraten. Die Vorwürfe gegen seine Frau kämen ihm sehr zugute. Ein Geständnis kann man mit Folter erzwingen. Selbst ich würde dabei weich werden“, beschwor Edward.

„Wie auch immer. Der König hat Anne verhaften lassen. Man wird ihr den Prozess machen und sie hinrichten lassen.“

Edward war entsetzt. Er mochte Anne nicht und ihr Tod würde Helena endlich von ihrem Leid befreien, aber das hier ging zu weit.

Der König schien in einen Wahn verfallen zu sein.

Edward musste zu Isabella und William, um ihnen die Neuigkeiten zu überbringen.

Diese waren nicht weniger erstaunt und geschockt wie Edward.

„Vielleicht ist an den Gerüchten etwas dran. Ich traue der Königin alles zu. Vielleicht wollte sie sich von einem Höfling heimlich einen Sohn zeugen lassen und diesen dann Heinrich unterjubeln. Sie war verzweifelt und in der Verzweiflung macht man seltsame Dinge“, meinte Isabella.

„Ich weiß nicht“, zweifelte Edward. „Ehrlich gesagt, traue ich ihr alles zu, aber ich glaube, dass der König Jane Seymour heiraten möchte, was nur möglich ist, wenn Anne tot ist.“

„So schlimm das jetzt auch klingen mag“, begann Isabella. „Annes Tod würde Helenas Freiheit bedeuten. Dann hätte sie nichts mehr zu befürchten.“

„Wir sollten in den Norden zurückkehren und abwarten, was passiert. Hier ist es nicht sicher. Wer weiß, was dem König noch einfällt“, meinte Edward. Sie brachen noch am selben Tag auf.

Kapitel 46 – Tower London

Anne blickte aus dem kleinen Fenster im Tower und versuchte verzweifelt einen Sonnenstrahl zu erhaschen. Sie hatte Mary ihren Rücken zugewandt.

„Du solltest gehen, Schwesterherz“, meinte Anne. „Nicht, dass sie auch noch dich einkerkern.“

„Was ist dran an diesen Vorwürfen?“, fragte Mary. „Hast du den König betrogen?“

Nun drehte sich Anne ihrer Schwester zu. Mary erschrak, als sie ihr blasses und müdes Gesicht sah. Es war nichts mehr übrig vom Glanz der Königin.

„Glaube mir Schwester, ich habe den König nie betrogen. Alle Vorwürfe sind haltlos, geradezu lächerlich. Ich verstehe nicht, wie es so weit kommen konnte.“

„Was hat ihn dazu geführt, dir solche Vorwürfe zu machen? Liebt der König dich nicht mehr? Hast du ihn verärgert?“, fragte Mary.

„Der König hat mich einmal so sehr geliebt. Er hat alles für mich aufgegeben. Ich frage mich, wann der Zeitpunkt war, an dem sich alles geändert hat. Was habe ich falsch gemacht? Was habe ich übersehen? Ist das hier eine Strafe dafür, dass Heinrich Katharina für mich verlassen hat? Zürnt Gott dieses Verhalten? Aber was hätte ich damals für eine Wahl gehabt, als der König entschied, mich zu lieben? Hätte ich wirklich einfach seine Mätresse werden sollen? Zufrieden mit zahlreichen Gunsterweisungen? Ohne Recht, ihn jemals als den meinen zu bezeichnen? Mir wäre es gleich ergangen wie dir

Mary. Er wäre mich eines Tages satt gewesen und ich wäre nur mehr ein Schatten in seinem Leben gewesen."

„Willst du mich kränken?", fiel Mary fragend ins Wort. „Ich habe den König einst geliebt. Glaubst du es war einfach für mich, ihn an dich zu verlieren. Ich habe bittere Tränen geweint. Aber ich habe ihm verziehen und auch dir."

Anne wandte sich nun ihrer Schwester zu und nahm ihre Hände.

„Wer weiß, ob du nicht die bessere Königin geworden wärst?", fragte Anne.

„Ich bin froh, dass ich diese Bürde nicht auf mich nehmen musste." In Marys Augen hatten sich Tränen gebildet. Anne bemühte sich um Fassung.

„Was würde Katharina sagen, wenn sie noch am Leben wäre? Sie war meine Feindin. Aber jetzt, wo ich hier bin und auf meinen Tod warte, fühle ich ihre Nähe und seltsamerweise beruhigt mich das. Wir hatten das gleiche Schicksal. Wir konnten beide den König nicht zufriedenstellen. Wir konnten ihm keine Söhne schenken. Wir haben beide gedacht, dass der König uns bedingungslos lieben würde. Wie naiv Frauen doch sind. Weißt du Mary, es mag seltsam klingen. Aber irgendwie fühle ich mich befreit. Seit ich den König kennengelernt hatte, bestand mein Leben aus Angst. Sie hat sich um mich gelegt und drohte mich zu ersticken. Diese Angst wird mich jetzt für immer loslassen. Der Tod macht mich frei. Ich bitte dich um eines, Schwester. Achte auf meine

Tochter Elisabeth. Ich wünsche ihr ein schönes Leben ohne die Bürden, die eine Frau in meiner Position auf sich nehmen muss."

Mary weinte in der Zwischenzeit. „Gibt es gar nichts, was ich tun kann?", fragte sie. „Der König wird dich doch nicht wirklich sterben lassen? Vielleicht begnadigt er dich?"

Anne umarmte ihre Schwester. „Nein, es gibt keine Hoffnung mehr. Lebewohl meine Schwester. Ich liebe dich."

Als Mary fort war, kamen auch Anne die Tränen. Bald würde es vorbei sein.

Kapitel 47 – Northumberland

Edward, Isabella, William und Helena saßen in der Bibliothek zusammen und sprachen über die Geschehnisse.

„Ich hätte mir nie gedacht, dass sich mein Schicksal durch Annes Tod ändern würde“, meinte Helena. „Ich weiß nicht, ob ich mir wirklich das für sie gewünscht habe.“

„Bis zum Schluss habe ich gezittert, dass der König sie doch noch begnadigen würde“, meinte Isabella. „So böse es klingt, aber ich bin erleichtert, dass sie tot ist. Jetzt können wir alle neu anfangen.“

Edward ergriff Isabellas Hände. „Es war Helenas Schicksal, das uns alle zusammengeführt hat.“

„Ich freue mich, dass ich Helena nun doch heiraten darf“, warf William ein.

„Ich wünschte, Katharina hätte das alles noch erlebt“, bedauerte Helena. „Ich hätte sie gebeten, Patin unseres Kindes zu werden. Vielleicht hätte sie nach Annes Tod sogar zur Hochzeit kommen können? Was hätte sie wohl zu Annes Hinrichtung gesagt?“

„Katharina war ein guter Mensch“, meinte Edward. „Wahrscheinlich hätte sie Anne bedauert. Lasst uns die Vergangenheit hinter uns lassen und neu beginnen. Wir haben alle viel mitgemacht. England wird noch lange nicht zur Ruhe kommen. Die Reformation wird weiter voranschreiten. Wir werden noch viele Herausforderungen meistern müssen. Aber jetzt wollen wir erst einmal glücklich sein. Das haben wir uns verdient.“

Helena nahm ihren Sohn auf den Schoß und sagte: „Siehst du, ich habe es dir versprochen, dass wir eines Tages ein besseres Leben führen werden. William wird dir ein großartiger Vater sein. Du kannst dich immer unserer Liebe sicher sein.“

Epilog

Königin Anne wurde am 16. Mai 1536 hingerichtet. Sie wurde geköpft. Ihrem Bruder widerfuhr das gleiche Schicksal und auch die anderen beschuldigten Höflinge mussten sterben. Wahrscheinlich waren alle Vorwürfe haltlos, aber Anne konnte ihre Unschuld nicht beweisen. Anne war ein ähnliches Schicksal widerfahren wie ihrer Vorgängerin Katharina. Diese durfte wenigstens eines natürlichen Todes sterben.

Beide Frauen wollten den König. Sie liebten ihn und beide scheiterten daran, ihm den Sohn zu schenken, den er so heiß begehrte. Den König zu kennen, war kein erstrebenswerter Zustand. Man konnte schnell seine Gunst erhalten und ebenso schnell den Kopf verlieren.

Mit Annes Tod stand einer offiziellen Beziehung mit William nichts mehr im Weg. Der König war zwar verwundert, als er hörte, dass Helena am Leben war, aber er hatte sein Interesse an ihr längst verloren. Er stimmte der Ehe mit William zu.

Der König heiratete Jane Seymour am 30. Mai 1536. Es war offensichtlich, dass er nicht über Annes Tod trauern würde.

Edward und Isabella gaben sich am selben Tag das Jawort wie Helena und William. Helena konnte ihre wahre Identität preisgeben, was beim Dienstpersonal einige Verwunderung hervorrief. Sie brachte eine gesunde Tochter zur Welt. Helena bat

Katharinas Tochter Mary Patin des Kindes zu werden. Diese stimmte zu.

William übernahm die Vormundschaft für Helenas Sohn. Der König erfuhr nie von seiner Existenz und der kleine William wuchs in behüteten Verhältnissen auf.

Helena und Isabella wurden gemeinsam mit ihren Ehemännern immer wieder an den Hof eingeladen.

Sie verfolgten, wie der König seine neue Ehefrau mit Geschenken überschüttete. Königin Jane gebar Heinrich den gewünschten Sohn, sie bezahlte jedoch einen hohen Preis dafür, denn sie starb wenige Tage später am Kindbettfieber.

Danksagung

Ich bedanke mich ganz herzlich bei der Lektorin, die mir wertvolle Tipps für die Überarbeitung des Manuskriptes gab. Sie hat mir geholfen, dem Werk den nötigen Feinschliff zu verpassen.

Ganz besonders bedanke ich mich bei der Designerin Anne für die wunderschöne Gestaltung des Covers.

Es war mir in diesem Werk ein besonderes Anliegen, Katharina von Aragon eine Stimme zu geben, weil sie in den meisten Romanen über die Tudorzeit lediglich eine Randfigur darstellt.

Ich widme dieses Buch allen Liebhabern historischer Romane über die Tudors.

Weitere Werke der Autorin:

Die Botin des Königs
Im Namen der Rose
Im Auge der Flammen
Das Komplott gegen die Königin

Rendezvous mit dem Tod

www.sabine-buxbaum.jimdo.com